FOLIO SCIENCE-FICTION

Léo Henry

HECEL

Gallimard

Léo Henry naît à Strasbourg en 1979. Il publie son premier recueil, *Les cahiers du labyrinthe*, en 2003, avant de coécrire avec Jacques Mucchielli le cycle de nouvelles consacré à Yirminadingrad : *Yama Loka terminus* (2008), *Bara Yogoï* (2010) et *Tadjélé* (2012). « Les trois livres qu'Absalon Nathan n'écrira jamais », paru dans l'anthologie *Retour sur l'horizon*, aux Éditions Denoël, a reçu le Grand Prix de l'Imaginaire en 2010. Son premier roman, *Rouge gueule de bois*, paraît en 2011 aux Éditions La Volte, qui ont également publié son recueil *Le diable est au piano* (2012). Son deuxième roman, *Sur le fleuve*, de nouveau en collaboration avec Jacques Mucchielli, sort en 2013 aux Éditions Dystopia, et son dernier recueil en date, *Philip K. Dick Goes to Hollywood*, a été publié en 2015 par les Éditions ActuSF. *Le casse du continuum*, *La Panse* et *Thecel* ont paru respectivement en 2014, en 2017 et en 2020, directement en poche, dans la collection Folio SF.

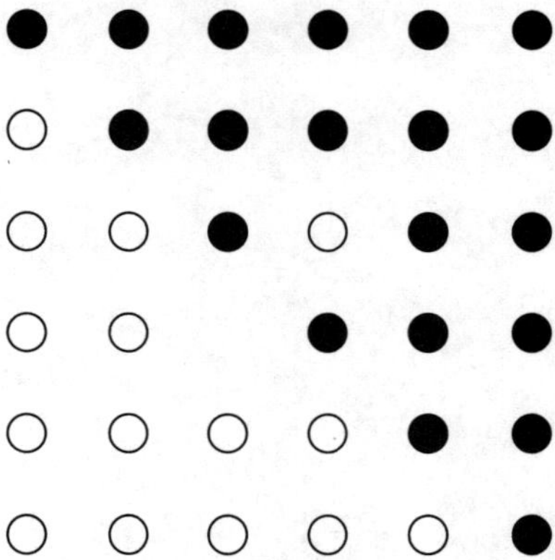

à Maïa et Joël, mes parents,
pour les histoires et pour le jeu

« Les habitants de la vallée dressaient des cartes – surtout de la vallée. Ils aimaient, c'était manifeste, dessiner et observer les relations spatiales des lieux et des objets qu'ils connaissaient bien. Plus ils les connaissaient, plus ils aimaient les dessiner et en tracer les cartes. »

○●○ URSULA LE GUIN
– *La vallée de l'éternel retour*,
traduction d'Isabelle Reinharez

« JEU. Intervalle entre deux pièces, deux surfaces. Latitude laissée à quelqu'un dans son action. »

●○● Définition issue du *Dictionnaire Larousse* en ligne

« Et voici l'inscription qui a été tracée : MENÉ MENÉ TÉQEL OU-PARSÎN. »

○●○ DANIEL 5:25,
Traduction œcuménique de la Bible

•

Dans son tout premier souvenir, Moïra est couchée sur le dos et regarde, au-dessus d'elle, la fresque en mosaïque qui orne l'intérieur du plafond concave. La coupole paraît aussi vaste, aussi lointaine qu'un ciel, toute recouverte de petits carreaux aux couleurs stupéfiantes : bleu nuit, jade profond, ocre, doré.

Moïra est couchée dans un lit à la taille de son petit corps, au centre de la très grande nurserie impériale. Une lumière de début ou de fin de journée entre par les hublots percés bas dans les murs. Elle ne sait plus ce qui était peint là-haut, mais n'oublie rien du ravissement, de la joie sans partage qu'elle ressentait alors.

« Et le plus beau, raconte-t-elle, c'est qu'il y avait comme de la neige… »

•

« Des poussières, tu veux dire. Des poussières dans la lumière.

— Non. C'était de la neige. Comme si le plafond, comme si la mosaïque et toute la nurserie étaient pris dans une sorte de tempête. »

Aslander rit. Il a quinze ans, Moïra en a huit.

Le frère et la sœur arpentent la lice d'entraînement, leurs armes à bout de bras. Aslander tient également contre lui le casque qu'il a ôté, laissant libres ses cheveux longs et emmêlés. Moïra aime leur abondance, leur épaisseur et la liberté avec laquelle ils poussent. Elle aime aussi la délicatesse des oreilles de son frère, et sa nouvelle voix grave, pas encore tout à fait contrôlée.

Si un adulte les appelait depuis une fenêtre ou bien surgissait au bout de la piste, ils pourraient faire croire à une pause dans leurs exercices martiaux. Se remettre en position, face à face. Affermir la prise sur les targes, serrer les mâchoires, bander les muscles, et se pointer vers le visage les mouches de leurs épées. Mais tant qu'aucun maître d'armes ne les y obligera, ils n'ont aucune intention de se jeter à la gorge l'un de l'autre. Pas même par jeu.

Depuis que Moïra est au Couvent, ils ne se voient plus que quelques semaines par an. Il lui faut attendre les mois de vendanges, au cours desquels les Mères renvoient les élèves, pour qu'on l'autorise à revenir au Palais. Souvent alors, Aslander est ailleurs, à parcourir, observer et apprendre, ou bien accaparé dans une aile lointaine du Palais, par des fêtes, des jeux avec des amis d'enfance qui, de plus en plus, se comportent avec lui comme des courtisans.

Moïra et Aslander chérissent ces moments volés

aux études, aux responsabilités, aux règles et rites de l'Empire. Passer un peu de temps juste tous les deux. Ne rien se dire d'important.

« Ne te moque pas, insiste Moïra.

— Tu avais quel âge, dans ce souvenir ?

— Je ne sais pas. Je tétais encore. Un an ?

— On ne peut pas se faire de souvenirs à cet âge-là. C'est impossible de se rappeler quoi que ce soit qui nous soit arrivé avant trois ans. »

C'est impossible. C'est regrettable. C'est ainsi.

Moïra reconnaît, jusque dans les doctes intonations, les expressions empruntées aux Sœurs.

« Je te jure. Je te jure que moi, je me rappelle. »

Son frère regarde au loin, la perspective grise de la cour encaissée, le couloir qui mène aux jardins en contrebas. Il a un air distrait et vaguement triste. Moïra sort de son chemin pour lui donner un coup d'épaule, le bousculer un peu, le tirer de sa rêverie. Mais Aslander a bien forci depuis l'an dernier, il a grandi aussi, et la charge de sa cadette ne l'ébranle pas.

« On n'a qu'à aller voir, propose-t-elle alors.

— De quoi tu parles ?

— La mosaïque de la nurserie. Toi et moi. »

Il s'arrête.

« T'es complètement folle.

— Tu verras si j'ai pas raison. »

Aslander a des yeux doux et fragiles : une veine éclatée y fait une tache rouge profond.

Il la regarde, sourit.

« De la neige, hein ? »

Il a retrouvé sa voix habituelle et son intonation veut dire : *allons-y*.

•

Le Palais impérial de Thecel est bien plus qu'un château et un lieu de pouvoir, bien plus même qu'une bourgade fortifiée. C'est un complexe de résidences, de chambres et de cuisines, de bains et de salons, de bibliothèques, d'herbiers, de salles de travail, de chapelles. Et c'est un monde complet, aussi, avec ses paysages, ses montagnes dans les sommets des tours, ses ruisseaux et ses fleuves dans les canalisations, ses forêts dans les parcs et les cours intérieures, ses canyons, ses grottes dans les caves.

Jusqu'à l'été de ses cinq ans, le Palais représentait pour Moïra la totalité de l'univers. Ce qui existait au-delà des enceintes n'évoquait pour elle que des choses abstraites et exotiques, contrées étranges d'où provenaient denrées et mobilier, des échos d'affrontements et, depuis les balcons les plus hauts, certains soirs, des odeurs puissantes et inconnues, celles de la forêt de résineux très dense qui s'étirait vers le sud, celles des étables, celles des foins.

Il y avait assez de recoins à explorer, assez de greniers, d'escaliers et de coursives pour jouer toute une vie. Des étages entiers étaient en déshérence. On pouvait longer une galerie d'ateliers, toutes portes ouvertes, et n'en trouver qu'un seul d'occupé : un cabinet presque envahi de documents, de relevés et de rapports, au milieu duquel, sous une lampe à huile, un cartographe plié en deux œuvrait.

« Que fais-tu là, petite princesse ? demandait l'employé. Tu t'es perdue ? »

Mais Moïra ne répondait pas, elle faisait non de la tête avec un sourire. Tous ces gens qu'elle n'avait jamais vus la connaissaient. Elle ne pouvait pas se perdre : le monde entier était organisé pour lui complaire.

Depuis qu'elle sait marcher, le Palais est pour elle un lieu d'aventures imaginaires, salles de bal repeuplées par la pensée, affrontements pleins de panache dans les cages d'escalier, duellistes sautant de lustres en rampes. Elle a beaucoup traîné dans les cuisines, aussi, sous les plans de travail interminables, derrière les empilements de sacs de céréales, dans les réserves pleines de l'odeur froide des viandes qui sèchent. Elle connaît intimement le peuple doux et mesuré des blanchisseurs aux bras épais, aux voix calmes et aux toques toujours blanches.

•

Mais à présent qu'elle guide son frère vers la nurserie, elle se rend compte qu'elle n'y a pas remis les pieds depuis des années. Elle n'est pas très sûre du chemin à suivre, n'est même plus certaine que cet endroit dont elle prétend se souvenir ait jamais existé.

Aslander fait mine de rien. Il raconte les joutes

nautiques auxquelles il a participé la semaine passée dans le domaine de Tirqu.

« Impossible de tenir debout sur ces fichus bancs. Et je ne te parle pas du poids de la lance ! »

Dans les anecdotes qu'il raconte, il ne se donne jamais le beau rôle. Il est toujours pataud, dans les récits, toujours en retrait, un peu ridicule.

Le couloir faisait-il vraiment un coude ? Moïra avance au hasard. Se peut-il qu'elle se soit trompée d'étage ? *Est-ce cette porte ?* Le vantail sur sa droite est entrebâillé. Moïra s'arrête. Pousse doucement. Aslander cesse soudain de parler.

La pièce est encore plus grande que dans son souvenir : une demi-sphère immense, chichement éclairée ce soir par huit larges fenêtres circulaires percées presque au niveau du sol. La voûte, très haute, renvoie les échos de leurs pas tandis qu'ils s'avancent sur les dalles poussiéreuses. L'espace est tout à fait désert. De temps en temps, la botte glisse sur des sortes de petits cailloux qui crissent contre le marbre.

Moïra lève la tête. Sur l'hémisphère lointain, on devine tout de même des couleurs, des tracés, la beauté d'une gigantesque mosaïque, et l'impression qu'elle doit faire lorsque le soleil entre à plein par les fenêtres.

Aslander se casse le cou pour regarder. Un sourire enfantin illumine sa face.

« C'est une carte, affirme-t-il. L'Empire des Sicles en entier, dans ses mille détails.

— Et la neige ? insiste Moïra. Tu la vois ? »

Elle la distingue nettement, maintenant que ses

yeux se sont habitués. Un piqué blanc dans les motifs finement dessinés. Un grésil qui recouvre et contamine le dessin, qui semble vibrer sous le regard.

« Ce n'est pas de la neige. »

Aslander se penche, ramasse par terre un petit objet, qu'il lui tend.

« C'est juste le temps qui passe. »

Moïra cueille sur le doigt de son frère un petit carré de céramique jaune soufre. Puis regarde autour d'elle. Les centaines de carreaux, détachés au fil des ans, gisent dans la poussière et le chaos le plus complet.

Un petit bruit sec interrompt sa rêverie : du plafond, le grand plan de l'Empire, établi par les Œcumaîtres cinq siècles plus tôt, continue de neiger sur la nurserie vide.

••

Au temps où le premier Couvent fut érigé, il y a près de mille ans, aucun des grands travaux d'aménagement n'avait encore été entrepris à travers l'Empire.

La route du col n'avait pas été percée et les eaux de la Nogoc coulaient, libres. La rivière se perdait rapidement en pâturages humides sans faire tourner le moindre moulin. Il n'y avait pas d'escalier le long de la cascade et on n'accédait au surplomb qu'après avoir grimpé quatre cents échelons pitonnés à la roche grise. Les impotents, seuls, avaient le privilège de se faire hisser dans l'un de ces grands paniers tressés qu'on utilisait pour les provisions, et dont un exemplaire est encore utilisé au réfectoire comme huche à pain. Pour récompense, les visiteurs accédaient à l'unique bâtiment cubique, presque sans ouverture, qui constituait alors l'entièreté du Couvent. En ces temps reculés, l'Empire payait le prix de ses guerres extérieures. Les biens étaient peu nombreux et la vie rude, le culte aux Puissances encore marginal.

Quelque chose de cette austérité, de cet isolement primitif est resté incrusté dans la matière de l'édifice. Bien que la taille du Couvent ait décuplé et qu'on y trouve désormais tout le confort des cités de l'Empire, on s'y sent toujours un peu loin, un peu au-dessus du reste du monde. *Comme un aigle dans son aire*, songe Moïra, qui aime, malgré le vertige, escalader le belvédère jusqu'au sommet. Ce qui lui plaît le plus, sans doute, est de parvenir à échapper aux surveillantes de son dortoir.

Dans le matin clair et froid, on voit l'Empire des Sicles estompé, replié dans les brumes. On s'imagine au centre de l'univers. Il suffirait d'étendre ses ailes pour s'envoler.

•

Dans le Couvent, seuls les prénoms sont utilisés, et même pendant les temps de loisir ou d'intimité, on évoque rarement la vie au bas de la montagne. Les deux élèves qui viennent du Palais, comme Moïra, semblent ne lui accorder aucune attention particulière. Comme si, dans les vies des pensionnaires, les temps se succédaient, séparés les uns des autres par des barrières infranchissables : celui consacré à l'apprentissage, celui du retour au sein des familles.

Cette règle informulée est si aisément suivie qu'il arrive à Moïra d'oublier jusqu'à son statut. Elle est, en chaque chose, traitée de la même façon que n'importe quelle élève, et se laisse aller à sa pente naturelle, faite de rêverie, de confiance en autrui, de résistance passive aux brimades et aux contrariétés. Moïra est appréciée de ses camarades pour sa douceur et sa docilité, moquée parfois pour sa distraction. Le plus souvent, pourtant, on se contente de l'ignorer. Moïra est discrète jusqu'à l'effacement.

C'est la dernière pensionnaire que l'on imaginerait convoquée devant la Grande Magèstre afin de rendre des comptes.

« Agenouille-toi, lève les yeux et décris avec des mots simples la faute dont tu t'es rendue coupable. »

La Magèstre est une femme au-delà de toute vieillesse : elle ressemble à un animal des marais, à un arbre. Sa voix est grave et claire, tranchante. Moïra se met en position sans discuter et sent aussitôt le froid des dalles au travers du tissu de sa coule. Il n'y a rien à regarder, au plafond.

« Je ne crois pas avoir commis de faute, commence-t-elle.

— Insolente ! »

La main de la Magèstre gifle le plat de l'écritoire.

D'où tire-t-elle cette force ? Est-ce la nôtre, celle de ses pensionnaires, dont les Mères s'alimentent sans qu'on le sache ?

« Raconte cette faute que tu as commise, Moïra de Thecel. »

La fillette cligne des yeux pour en chasser quelque chose qui l'irrite. Le silence qui suit pourrait s'étirer sans fin.

La Grande Magèstre insiste :

« Raconte, petite princesse.

— Orlagh-Deir m'a convoquée à l'estrade. Devant les autres, elle m'a donné la cisaille et la souris endormie. Je ne suis pas parvenue à me résoudre à lui trancher la tête.

— Tu n'y es pas parvenue ? Est-ce bien de toi qu'il s'agissait alors ? »

Moïra connaît les réponses que la Magèstre attend d'elle, mais n'est pas certaine que les lui donner résoudra le problème. Aucune autre idée ne lui venant, elle concède :

« Je n'ai pas laissé la Justice entrer en moi pour tuer la souris.

— Et pourquoi ne l'as-tu pas laissée faire ?

— Parce que… »

Son œil redescend un instant, attrape la grimace sur le visage de la vieille. Quelque chose entre le dégoût et la joie cruelle. L'enjeu de cette conversation dépasse largement Moïra.

« Je n'ai pas su la laisser entrer en moi.

— Tu n'as pas su, ou tu n'as pas voulu ?

— Est-ce qu'il y a une différence ? »

En réponse, le plat de la main frappe à toute force contre la surface de bois, et Moïra sent, jusque dans ses os, que ce coup lui était destiné. La fureur de la Magèstre est une chose physique entre elles deux.

« Ici, tu n'es personne, ma petite ! Ici, tu n'hérites pas ! Ici, tu ne règnes pas ! Je suis la Grande Magèstre et tu es dans mon Couvent. Si une Mère t'ordonne d'incorporer la Justice, tu laisses la

Justice entrer en toi. Si elle te dit d'incorporer la Foi, la Colère, la Lucidité, tu t'ouvres à elles et tu laisses faire. Tu n'es pas différente. Tu n'es pas plus grande ni plus forte, et ton corps n'est pas plus important que celui de nous toutes. Les Principes sont assez bons pour y entrer à la demande. Est-ce que tu comprends ce que je te dis ?

— Oui, Magèstre.

— Ce n'est pas à toi de décider si la souris vit ou meurt.

— Oui, Magèstre. »

Moïra est obéissante.

Il y a moins d'une heure, devant les élèves réunis en demi-cercle au pied de l'estrade, elle tenait la cisaille dans la main droite. Un outil d'élagage au métal opaque, tiède d'avoir séjourné dans la poche d'Orlagh-Deir. Dans sa main gauche ouverte en coupe, la souris tremblait dans son sommeil artificiel. Elle avait une tache brune sur le museau, un peu de sang séché. Sa bouche entrouverte révélait de longues incisives. L'animal vibrait de vie : sa respiration, peut-être, ou bien les battements rapides d'un cœur minuscule. Moïra n'entendait plus les injonctions répétées de l'enseignante ni les commentaires de ses camarades. Sa tête était pleine de bourdonnements, son ventre noué. Elle a lâché l'outil et posé la souris sur le pupitre.

Agenouillée sur le sol dur du bureau de la Magèstre, elle sent encore, contre sa paume, le souvenir des picots infimes de l'échine, l'arc tendu des vertèbres thoraciques.

« Appelle la Justice », poursuit la voix.

Moïra n'est pas ignorante. Elle sait qu'un privilège unique, dans tout l'Empire des Sicles, a été octroyé au Couvent de la Grande Magèstre : celui d'avoir pu couver et voir éclore un œuf d'or pour la première fois depuis des siècles. Elle sait aussi que les souris du Couvent ne sont reproduites, nourries et sélectionnées que pour être mises à mort. Que c'est une tâche honorifique de les décapiter avant de les livrer à l'appétit du nouveau-né. Si on veut réussir à le dresser, il faut prévenir le dragonnet de goûter au plaisir de la traque avant ses six mois révolus.

C'est un honneur, je le sais. Mais est-ce juste ?

« Laisse la Justice entrer en toi ! »

Moïra ferme les yeux, écarte les bras. Derrière ses paupières écrasées n'apparaît qu'une image : la toute petite blessure sur le visage de la souris.

Je ne sais pas ce qu'est la Justice.

Depuis longtemps, l'animal est mort, préparé par quelqu'un d'autre, dévoré par le petit lézard ailé.

« Laisse-toi aller, orgueilleuse ! Abandonne-toi ! »

•

Lorsqu'elle est entrée au Couvent à ses sept ans, Moïra s'est prise d'affection pour Gries, un des hommes à tout faire qui s'occupait du ménage dans leurs quartiers. Gries lui rappelait les silhouettes bienveillantes des buanderies du Palais. Il répondait avec bonheur aux sollicitations de la petite fille et, bientôt, d'autres enfants s'étaient intéressés à lui.

Gries avait cette tête bizarre des Faces Pâles, la peau claire, les cheveux raides et jaunes, les yeux bleus. Il était une source sans fin d'histoires exotiques, qu'il répétait d'un jour sur l'autre sans jamais se tromper. Il parlait de forêts qui s'escamotaient, de villes verticales totalement abandonnées et d'êtres gigantesques, dont les pieds touchaient le sol et le crâne effleurait le ciel. Un jour, Gries avait disparu. Si personne n'en parlait, tous les adultes paraissaient savoir ce qui lui était arrivé. Il avait fallu plusieurs mois à Moïra avant de comprendre que les Mères l'avaient renvoyé. Il n'était pas convenable qu'un serviteur emplisse la cervelle des petites pensionnaires avec de telles sottises.

Moïra sort de chez la Grande Magèstre entre deux de ses aînées, pour être mise en cellule d'amendement. Il y fait plus froid qu'ailleurs, on ne peut rien voir par la meurtrière haute, et personne ne vous parle pendant des jours entiers. Il n'y a rien d'autre à faire qu'étudier.

Moïra rêve de la chaleur des fours du Palais, de cités infinies peuplées de chuchotements, et des grandes mains fines à la peau un peu rêche d'Aslander.

•••

L'été au Couvent est passé en retraite. Par groupes de six, les pensionnaires partent à pied dans les hauteurs. Les glaces finissent de fondre, révélant des hameaux de pierre abandonnés dix mois sur douze, à plusieurs journées de marche les uns des autres. On y est loin de toute civilisation et de tout confort. Il faut puiser son eau, cueillir ou piéger sa nourriture, glaner ou couper le bois de chauffe et de cuisine. Les Mères passent de lieu en lieu, pour des journées entières consacrées aux exercices physiques et spirituels.

Moïra n'est pas costaude. Elle redoute les combats rapprochés, les corps à corps, la lutte, le maniement des armes tranchantes. Mais elle est dure à la douleur et têtue. Elle peut continuer de marcher sur des ampoules à vif, retenir son souffle plus longtemps que quiconque, travailler mains nues dans la neige. Et puis, elle aime passionnément les armes à distance, le jet de caillou, de couteau ou de hache. Par-dessus tout, elle est douée au tir à l'arc.

Comme si sa distraction devenait soudain un atout, Moïra est capable, pendant un temps très bref, de ne penser à rien d'autre qu'à sa flèche, de l'empenne à la pointe, et de sentir ce qui la relie au projectile, la tension de son corps, son souffle, le battement de son cœur, et ce qui relie la flèche à la cible qu'elle vise. Dans ces circonstances, Moïra fait mouche quasiment à tout coup. Elle a conquis l'admiration de ses pairs par des prouesses impensables. On a d'autant plus de mal à comprendre qu'elle n'utilise jamais ces talents pour abattre du gibier.

•

Quand la lumière tourne et les alpages en contrebas se couvrent de fleurs mauves dans les trouées de nuages, quand l'herbe rase et jaune, au petit jour, croustille de givre bleu, les pensionnaires redescendent au Couvent pour la cérémonie des feux et les récompenses de fin d'année. La semaine suivante, elles reprennent le chemin de leur foyer. Elles descendent à la file les escaliers de la cascade, longent le grand canal de la Nogoc jusqu'au port fluvial d'Ombiel, établi sur le Cavo. Toutes passent une dernière soirée ensemble, sans adultes, à dîner de poisson frit et de petite bière noire, à chanter les refrains canailles interdits dans les montagnes. Puis elles vont dormir quelques heures dans les établissements du port, avant d'embarquer sur les barges qui les mènent en quelques jours aux principaux ports de l'Empire des Sicles.

Moïra aime la couleur que prend le fleuve, dans ces matins de début d'automne, plein d'or et de promesses. Chaque année, elle mesure à quel point elle grandit. Chaque année, elle se réjouit de voir son avenir s'élargir devant elle. Moïra a treize ans et se coiffe seule : d'un lacet elle noue la masse de ses cheveux vers l'arrière. Ses souliers la serrent un peu ; elle s'est fait cet été beaucoup de corne à force d'aller pieds nus.

Moïra se sent petite du dehors mais immense à l'intérieur. Elle revient au Palais.

•

Les quais du bassin de débarquement semblent déserts, plongés dans une obscurité presque complète. La nuit est tombée depuis plus d'une heure. Le froid humide est pénétrant. Des oiseaux pêcheurs au vol lourd reviennent vers leurs nids tressés sur les toits des abris à bateaux.

Moïra saute à quai sans prêter attention à la main que le nautonier tend pour l'assurer, son sac bien calé contre son dos. Elle avise la seule lanterne, tenue à bout de bras par un grand jeune homme entortillé dans sa capeline. Elle se dirige vers la lumière en patinant un peu sur les pavés glissants.

« Aslander ?

— Ce n'est que moi, répond l'inconnu. Le prince n'a pas pu se libérer.

— Qui es-tu ? »

Moïra s'arrête à distance prudente. Le garçon

tombe la capuche, révélant un visage franc et rond, sans angle, et un sourire découvrant largement ses gencives.

« Tu ne te souviens pas ?

— Nal ?

— C'est bien moi. »

Nal tend une main que Moïra serre. Il propose ensuite de lui porter son bagage, de dîner avant de prendre la route, de se mettre un instant au chaud. Elle refuse toutes les propositions. Nal est venu avec deux grands chevaux du Palais. Ils repartent aussitôt.

« Pourquoi mon frère n'est pas là pour m'accueillir ? » finit par demander Moïra.

Il faut parler fort pour couvrir le trot des montures, le bruit du vent.

« L'Empereur ton père le garde près de lui. Il a énormément de choses à lui enseigner.

— Mais ce n'est pas à lui de former Aslander. Il ne l'a jamais fait.

— Hélas, dame Moïra, le temps commence à presser.

— Que veux-tu dire par là ?

— La santé de l'Empereur ton père va déclinant. Il se dit qu'Aslander pourrait être appelé à régner dès l'automne prochain. »

Nal sait tout cela, bien sûr, et de nombreuses autres choses. En tant qu'apprenti Œcumaître, sa formation finale est dispensée au Palais. Il n'est pas obligé, comme Moïra, de passer l'essentiel de l'année dans un Couvent lointain, opaque aux murmures du monde. Comme tous ceux qui ont choisi cette voie, Nal est mieux informé que quiconque. Il sait ce qui se trame dans les domaines les plus lointains et comprend tout des dernières avancées techniques, des derniers chantiers.

« Et la guerre ? demande encore Moïra. Où en sont nos ennemis ?

— Pour l'instant tout va bien, répond Nal sans s'étonner.

— Et si l'Empereur meurt ?

— Le rapport de forces est toujours en notre faveur. »

Moïra se hausse sur ses étriers, se penche sur le col de sa monture pour donner moins de prise au vent et se rapprocher de l'animal.

« Le rapport de forces est toujours en notre faveur. » Ils pourraient en faire leur foutue devise.

Les Œcumaîtres croient vraiment tout savoir.

Moïra et Nal jouaient ensemble quand ils étaient petits. Elle se souvient l'avoir un jour griffé jusqu'au sang. Elle ne sait plus, aujourd'hui, pour quelle raison.

•

Le soir même, sans être escorté ni annoncé, l'Empereur vient visiter Moïra dans sa chambre.

Habiter à nouveau l'espace étroit qui est le sien, dans l'immensité du Palais de Thecel, est toujours étrange, les premières heures. Personne n'en ouvre la porte, pendant ses mois d'absence, si ce n'est pour en ôter la poussière. Les lieux restent imprégnés des désirs, des rêves de l'an passé, comme un petit musée d'une Moïra déjà oubliée. Les odeurs elles-mêmes semblent figées, en attente.

Elle a fini de déballer ses affaires et s'est installée au lit, pour reprendre la lecture d'un livre volumineux qu'elle aimait beaucoup, petite. L'Empereur frappe deux coups nets contre la porte et entre sans attendre de réponse.

Sire Laserian est un homme mince à l'apparence délicate, au poil d'un blanc lumineux. Quelque chose d'étrange se dégage de lui : une attaque a laissé une moitié de son visage paralysée et il essaie, depuis, de contenir toute expression. Son regard, pourtant, semble soulagé quand il se pose sur sa fille.

« Père.

— Ne bouge pas. »

L'Empereur s'approche du lit, tire un tabouret, s'assied. Ses gestes sont lents et minutieux, grippés. Elle le regarde faire sans intervenir.

« *Mes voyages dans les mondes inverses*, reconnaît le monarque, pointant l'ouvrage ouvert. Je lisais ça, moi aussi, lorsque j'avais ton âge. »

Il prend un moment pour étudier la gravure qui orne la page de gauche : des tours tête-bêche, plantées par la flèche dans des nuages.

« Nos ancêtres avaient beaucoup d'imagination. »

Moïra ne dit rien, elle l'observe dans la lumière du chevet : le piqué de sa barbe qui repousse, les nouvelles rides sur le masque de sa face. Il est plus vieux, à peine, et n'a pas l'air mourant.

« Comment va Aslander ? » demande-t-elle, comme le silence se prolonge.

Laserian soupire.

« Ton frère va bien. Il est très occupé. J'ai peur qu'il n'ait que peu de temps à te consacrer cette année. »

Revenant au livre :

« Il faut beaucoup de loisirs pour inventer des histoires pareilles. Ceux qui ont fait ce livre devaient vivre des temps plus heureux que les nôtres. Quelles nouvelles ramènes-tu des montagnes ?

— Tout va bien. »

Moïra n'a pas besoin de développer. Elle sait que sa famille, comme les Œcumaîtres du Palais, est tenue au courant de ce qui se passe au Couvent par les Mères qui y enseignent. Rien de ses performances ou de ses punitions n'a pu leur échapper.

L'Empereur tend la main vers sa fille pour lui toucher la joue.

« Le petit Nal est un brave garçon, fait-il, comme s'il poursuivait le cours d'une pensée évidente. Tu as bien grandi. »

• • • •

Plusieurs des tours centrales du Palais de Thecel sont réservées à la famille impériale. Elles abritent les empilements des salles d'apparat et de réception, des salons aux parquets polis comme des miroirs, des boudoirs où toutes sortes de fauteuils dorment sous des housses poussiéreuses. Des pièces entières, obscures, supportent sur des patères les centaines de tenues de fête, de costumes, de robes et de déguisements houssés.

Tout en haut, sous les coupoles de verre bleuté et de fines toiles d'acier, les anciens jardins d'hiver, abandonnés depuis des décennies, prolifèrent en jungle folle. Quelques animaux, dont l'origine est inconnue, ont trouvé refuge dans ces forêts odorantes et bizarres, où quelques essences exotiques venues des confins de Thecel continuent de croître au milieu d'un chaos de mauvaises herbes locales montées en graine : des insectes, surtout, quelques rongeurs rapides, impossibles à apercevoir, et puis, très haut dans les palmes, un couple de vieilles pies infertiles qui ne se soucient guère d'être aperçues par les rares visiteurs.

En cet hiver de solitude, Moïra fait de la grande serre son repaire, et de ces discrètes présences animales son réconfort. Elle aime la lumière qui entre largement par la coupole, inhabituelle dans un Palais aux murs épais, tassé sur lui-même en mille recoins. Elle aime aussi l'odeur humide de l'air ici confiné, la pourriture riche des humus, l'haleine de toutes ces plantes dont personne ne prend plus soin.

C'est ici qu'elle passe l'essentiel de ses jours, à lire sur la margelle d'un bassin asséché, tapissé de lichens, à pratiquer le tir réflexe à l'arc court, visant mentalement telle fleur qu'elle n'a aperçue que du coin de l'œil. Moïra pince l'empenne derrière son dos, pivote tout en encochant le trait, bande l'arc en même temps qu'elle ancre ses appuis. Lorsqu'elle prend conscience des pistils longs, la flèche est déjà en vol, trajectoire courbe, vélocité mesurée. L'orchidée va se clouer en plein mille au tronc derrière elle.

Elle n'est jamais dérangée : il faut, pour monter jusqu'ici, traverser une salle des gardes toujours occupée, puis emprunter à la porterie un trousseau de clés qui n'est, par tradition, remis qu'aux membres de la famille impériale.

Moïra lit des heures durant et rêvasse. Elle imagine que cette serre abandonnée, pleine de bassins secs et de tuyaux rouillés, est une jungle infinie dans laquelle, enfant sauvage, elle conquiert l'admiration de grands mammifères par ses talents de chasseresse.

•

Une après-midi, Moïra découvre une femme âgée installée à sa place dans le jardin, sur son carreau de la margelle. Elle est assise en tailleur, occupée à fumer un shilom trapu. Un grand morceau de parchemin est déroulé sur ses cuisses, et un pinceau aux poils très fins, humides, tient coincé entre son crâne et son oreille.

« Qui es-tu ? Que fais-tu là ? » demande Moïra sans aménité.

Elle est contrariée, et l'apparence de l'intruse, sa tenue vestimentaire simple, ses sandales usées, la dispense de toute politesse. L'autre se contente d'un coup d'œil vers elle, au travers de l'épais nuage de fumée grise exhalée de sa bouche entrouverte.

« Tu es ici dans une serre impériale, continue Moïra. Je peux te faire expulser.

— Salut, répond simplement l'intruse. Je m'appelle Kai. Toi ? »

Elle tend une main brune, recouverte de milliers de taches d'un bleu presque noir. Ses lèvres fines s'étirent, ses yeux se plissent plus encore. Moïra s'arrête à deux pas. Elle a conscience de l'arc à son épaule, du poids de son carquois en bandoulière.

« Comment as-tu réussi à entrer ? »

Kai reprend la main qu'elle refuse de serrer.

« Je savais que quelqu'un venait de temps en temps, fait-elle. J'ai vu tes traces. Je me demandais quand on se croiserait. Ça fait un moment que je t'attends. »

Moïra ne bouge pas, ne dit toujours rien. Elle regarde. La femme n'a l'air ni pressée ni curieuse.

Après un silence, comme si elle était seule, elle entreprend d'étouffer son shilom à l'aide d'un bâton court, puis reprend posément son pinceau. Un tout petit pot d'encre noire est calé dans le pli de sa jambe droite.

Kai se penche vers son ouvrage. À gestes fins, elle s'applique à dessiner ou à écrire quelque chose. La curiosité finit par pousser Moïra à approcher.

« Pendant la saison d'hiver, je n'arrive pas à travailler dehors, reprend la femme sans interrompre son travail. Le vent est trop fort et l'air trop froid, mes doigts perdent en souplesse et mes journées sont gâchées. Le Palais, bien sûr, regorge de pièces chauffées, mais on y trouve peu d'endroits assez bien éclairés à mon goût. Ici, c'est parfait ! »

Sur le vélin déployé, en six couleurs distinctes, est peint un fragment de carte de l'Empire. Moïra n'en a jamais vu de si précis. Il y a les forêts, les fleuves et les premiers épaulements des montagnes, les cités, les faubourgs. On reconnaît sans mal le Palais, schématisé dans des volumes en perspective cavalière, auquel la femme, à gestes sûrs, ajoute ici et là des ombres bien senties.

Mais ce qui étonne le plus la jeune fille, ce sont les mains et les avant-bras de Kai. Ce qu'elle avait pris de loin pour des taches de vieillesse sont, en réalité, des galaxies de dessins, de signes graphiques, de caractères d'alphabets inconnus, finement tatoués sur la peau, remontant jusqu'au coude, disparaissant dans les plis des manches retroussées.

« Tu es cartographe ?

— Je l'ai été, oui.

— Et maintenant ?

— Maintenant je termine ce qui a été commencé. »

Moïra regarde longuement la femme travailler en silence.

Elle ne sait pas bien à quel moment elle pose son livre, son arc, et vient s'asseoir à ses côtés.

•

Kai circule dans le Palais par l'épaisseur des murs. Les vantaux des portes cachées sont invisibles. Les charnières, camouflées dans les motifs des tentures, s'articulent sans produire le moindre bruit.

« Tu ne peux rien comprendre de ce qui se passe à Thecel, explique-t-elle un jour à Moïra, si tu n'envisages pas qu'ici chaque personne, chaque lieu, chaque chose dissimule un double fond. »

Rien que dans la serre, il y a trois passages secrets, construits à trois époques différentes. Ces accès communiquent avec des chatières où l'on se glisse à croupetons, ouvrant sur des couloirs exigus qu'on ne peut traverser que de profil. Eux-mêmes aboutissent à des dédales de corridors, d'escaliers aux colimaçons abrupts, de puits à échelons. Des judas dans certains murs permettent d'observer sans être vu ce qui se passe de salle en salle. D'autres portes offrent des accès occultes.

Moïra suit sa guide dans le second labyrinthe du Palais, qui est une ombre du premier. De loin en loin, sur les murs, des marques anciennes, ésotériques, évoquent des complots oubliés depuis des siècles. La torche de Kai emplit les boyaux d'escarbilles et d'une écœurante odeur de résine chaude.

« Depuis dix siècles que dure l'Empire, le Palais est le théâtre de tous ces complots. Il n'y a que les forces en présence qui soient demeurées les trois mêmes. »

Sans se retourner, progressant à pas sûrs et rapides en direction du cœur du labyrinthe, la vieille femme fait sa leçon :

« Un : la famille impériale. L'Empereur et sa femme, leurs amants et maîtresses, enfants légitimes, bâtards, adoptés, sœurs et frères, chacun pouvant à un moment ou un autre prétendre au trône par droit de sang, désignation magique, mérite ou avidité. Ceux-là tiennent les rênes du politique. À leurs côtés en apparence, mais bien souvent contre eux, il y a l'Œcumaîtrise. Les quatre sages, les patriarches des deux Collèges, les élèves des huit disciplines, sans oublier les milliers de Maîtres honoraires et les sages de la main gauche disséminés dans tout l'Empire. Les Œcumaîtres, eux, détiennent le pouvoir technique et administratif. »

Ils détiennent surtout le pouvoir du silence, des petites cachotteries et des grands secrets, songe Moïra sans oser interrompre Kai.

« Enfin, poursuit la femme, souvent sous-estimé parce que loin du Palais, il y a le Temple. Les sœurs combattantes, la hiérarchie dormante des phalanges paysannes, les grandes Ermites, et puis les Couvents, avec les Mères et la Grande Magèstre. Ces femmes ont entre leurs mains l'essentiel du pouvoir spirituel et militaire. En temps de paix, le chaos de Thecel est organisé par les tensions entre ces trois factions. En temps de guerre, elles font taire leurs querelles, et l'alliance de leurs forces n'est pas de trop pour vaincre nos ennemis de toujours. »

Kai marche vite, et Moïra la suit à grand-peine dans les chicanes. Les voilà qui s'arrêtent soudain dans un cul-de-sac. La femme chuchote :

« Mais aujourd'hui, alors que les théâtres d'intervention n'ont jamais été aussi nombreux, voilà que notre Empereur se meurt. »

Imitant sa guide, Moïra avance de deux pas jusqu'à toucher la paroi. Le panneau de bois, sous la poussée, glisse presque en silence, révélant les rayonnages d'une pièce étroite, pleine de volumes anciens.

Face aux bibliothèques disposées en hexagone, au centre exact de l'espace, comme si tout devait converger en cet endroit, une sorte de table basse est dressée, longue et large de six paumes, haute de deux coudées.

Son plateau est recouvert de centaines de pierres

bicolores scrupuleusement alignées. Noires d'un côté, blanches de l'autre.

« On dirait un jeu », dit Moïra en s'approchant.

Pour la première fois, Kai saisit son bras d'un geste brusque afin de l'empêcher d'avancer. La jeune fille sent la force brutale qui l'anime.

« On dirait, oui, consent la femme, forçant sa voix à la douceur. Mais ça n'a rien d'un jeu. »

L'éclat de la torche fait briller le dessin incompréhensible, abstrait, que dessinent les faces noires, les faces blanches disposées comme au hasard.

« C'est ici que se noue le destin de l'univers. »

• • • • •

Une nuit de ce même hiver, Aslander vient retrouver Moïra dans sa chambre.

Il fait particulièrement froid au-dehors, et la jeune fille s'est ensevelie sous deux édredons et plusieurs lourdes couvertures de laine. Le sommeil l'a surprise alors qu'elle lisait. La lumière brûle encore. Elle n'a pas conscience du moment où son frère est entré dans la pièce, ni de celui où il a commencé à parler. Quand elle se réveille, elle n'est pas bien sûre de l'endroit où elle se trouve.

Cela fait des semaines qu'elle essaie d'approcher Aslander en vain, et le voilà soudain assis à son chevet. Moïra ne distingue pas bien ses traits, elle voit flou, et il est légèrement à contre-jour. Mais elle constate aussitôt qu'il a changé : plus large, plus voûté aussi, un peu. L'enfant qu'il était finit de disparaître dans l'adulte qu'il devient.

« Un front s'est ouvert dans le domaine d'Edin. Une guerre est en cours… Des ennemis innombrables, monstrueux, sans pitié… Le risque d'invasion n'a jamais été si grand… Les Œcumaîtres font taire les rumeurs et les Mères mobilisent leurs phalanges… Mais il faut que la famille impériale y soit représentée… »

Son monologue est difficile à suivre, haché, par moments incompréhensible. Aslander a la voix pâteuse, ensommeillée. Moïra met du temps à reconnaître, dans son haleine, l'odeur de l'alcool. À comprendre que son frère est saoul.

« Je ne veux pas y aller, geint-il. Je ne peux pas partir maintenant. J'ai… Ils n'attendent que ça pour nous séparer. Je ne peux pas me passer de lui… C'est l'amour, petite sœur. Et puis… »

Moïra ne dit rien, ne bouge pas. Elle reste couchée dans sa propre chaleur, ce cocon réduit qu'elle a chauffé elle-même.

Aslander, assis sur le tabouret, est à l'exacte même place que son père, quelques semaines plus tôt.

« J'ai peur, murmure-t-il. J'ai peur de ce qui m'attend là-bas. »

•

Une dizaine de jours plus tard, Kai commente le départ discret des troupes impériales pour le front :

« Il paraît que le petit Donnel de Talsa n'a pas laissé passer deux jours avant de fuguer hors du Palais. Il a volé une monture de sa mère et rejoint au galop la colonne en partance. Sa famille est furieuse, bien sûr, mais elle ne peut pas grand-chose. Le Palais a étouffé les bruits. Que pèsent une poignée de nobles provinciaux face à l'étiquette de la cour impériale ? Silence et mensonge : les deux plantes qui croissent le plus vite dans les ombres du Palais. »

Moïra retrouve la cartographe dans la serre. Depuis quelque temps, toutes deux essaient d'apprivoiser le couple de pies, en pendant aux branches hautes des boulettes de graines et de gras figé. Les oiseaux feignent de les ignorer, attendant qu'elles aient disparu avant de dépiauter leurs friandises.

« Est-ce qu'il y a réellement la guerre en Edin ? » demande Moïra.

Elle a pris l'habitude de poser à Kai les questions qui la tracassent sans détour, sans y mettre de formes. En quelques semaines, celle-ci lui a révélé plus de choses sur le fonctionnement de l'Empire des Sicles et du Palais de Thecel que tous les précepteurs depuis sa naissance.

Pour une raison qui lui est propre, la femme a pris la princesse sous son aile et entrepris de la former, de l'éclairer.

« Qu'est-ce que tu veux dire par là ?

— Tout le monde sait que la santé de l'Empereur mon père décline. Aslander est héritier en droite ligne. Est-ce qu'on n'aurait pu inventer cette histoire pour l'écarter ? Est-ce que ce pourrait n'être qu'un piège ? »

Kai lui jette un coup d'œil perplexe.

« Tu commences à penser de biais, ma petite, et c'est ainsi qu'il convient de regarder chaque chose. Je suis fière de tes progrès. »

Elle se détourne ensuite pour scruter les sommets des arbres, essayer d'apercevoir quelque chose de vivant dans le froissement des palmes en surplomb.

« Mais non, je ne le crois pas. Le front est bel et bien en Edin. Les cartes l'attestent, et les Œcumaîtres déploient suffisamment d'énergie en calculs pour ne pas se tromper en ces matières. Je crois que ton frère Aslander ne risque rien et qu'il sera de retour avant que tu ne repartes pour le Couvent. »

•

Aux premiers jours de la nouvelle année, cependant, Aslander n'est pas revenu.

Avant de quitter le Palais pour retourner dans les montagnes, Moïra va saluer son père. Elle patiente plusieurs heures dans l'antichambre, où des parfums aux vertus bénéfiques brûlent dans des vasques de cuivre. Elle voit entrer et sortir plusieurs médecins pressés suivis de leurs assistants. Aucun d'eux ne lui accorde la moindre attention.

Elle étudie longuement les motifs dans le tapis, alternance de carreaux clairs et sombres, qui ne semblent ni chercher à figurer quelque chose ni répondre à une logique rythmique quelconque. Cela lui fait penser aux pierres sur le plateau, dans la pièce secrète que lui a fait découvrir Kai, l'agencement mystérieux des signes. Moïra réalise que ces schémas lui ont toujours été familiers, parce que souvent reproduits dans les décorations du

Palais, sur les tapisseries, les tissus des coussins, les bas-reliefs, les mosaïques.

Elle sourit à la porte qui s'ouvre, s'attendant à voir enfin apparaître un homme de compagnie de l'Empereur qui la guidera à l'intérieur. Le jeune Nal lui rend son sourire, surpris de la découvrir là. Il lisse son habit d'un geste machinal.

« Moïra ! Comment vas-tu ?

— Je viens dire au revoir. »

Elle désigne d'un geste sa tenue de route et, sans raison, Nal rosit.

« Bien sûr. Le Couvent. J'ai tout à fait perdu de vue… J'aurais aimé pouvoir t'accompagner au port, malheureusement…

— Assieds-toi à mes côtés. »

Nal essuie ses paumes sur ses cuisses, tendu vers la porte de sortie, n'osant s'enfuir. Moïra tapote le siège à ses côtés.

« Un instant. S'il te plaît. »

Le jeune Œcumaître consent à s'installer sur l'extrême bord du fauteuil.

« Je vais être absente une année entière, dit à voix basse Moïra, et tu sais à quel point les nouvelles de l'Empire peinent à parvenir jusqu'au Couvent. Je voudrais que tu me rendes ce service : le jour où Aslander mon frère reviendra au Palais, fais envoyer un message pour que je cesse de m'inquiéter. Et tiens-moi aussi informée si… quand… »

Elle a du mal à le dire.

« Je ne veux pas être la dernière à apprendre la mort de mon père. »

Elle sent Nal qui frémit, devine qu'il voudrait la toucher, prendre sa main, la regarder, l'assurer de son obéissance. Il se contente de se relever.

« Je m'en charge, Moïra. Tu peux compter sur moi », conclut-il en s'enfuyant.

Lorsqu'elle est enfin admise auprès de sire Laserian, l'Empereur dort, couché tout habillé au-dessus des couvertures. Il a encore maigri, mais sa barbe est parfaitement taillée et il porte le torque et la tiare impériaux. On dirait moins un homme mourant qu'une statue de lui-même.

Moïra embrasse ses mains tièdes, son front lisse, comme déchargé de tout souci. Le silence est si profond, dans cette aile du Palais, qu'elle croit entendre leurs deux cœurs dans leurs poitrines, l'un vif, l'autre lent ; l'un pressé, l'autre solennel.

•

L'hiver s'achève, passe un nouveau printemps, le début de l'été.

Moïra finit de grandir. Ses traits s'affirment, sa stature gagne en robustesse. En quelques mois, elle voit s'effacer les restes de délicatesse qu'elle partageait avec son frère et son père, pour gagner en franchise de port, en puissance enracinée propre à sa famille maternelle.

Elle évolue dans une grande solitude. Les leçons fragmentaires de Kai continuent de la travailler : elle se met à soupçonner des sous-entendus derrière les propos les plus anodins de ses camarades, cherche des biais cachés aux actions les plus désintéressées. Dans le même temps, elle essaie de ne pas trop songer à ce qui se trame au Palais. L'inquiétude, en elle, a remplacé la rêverie.

Ses meilleurs moments sont ceux qu'elle arrive à passer dans la volière. Les lieux lui rappellent les serres de l'hiver précédent, et elle ne se lasse pas du spectacle qu'offrent les évolutions aériennes du dragon juvénile. Il mesure à présent près de quatre pieds de long, du bout des cornes à la pointe de la queue, et l'envergure de ses ailes dépasse déjà cette taille. Moïra imagine à quoi pourront ressembler ses voltes, figures et arabesques une fois qu'il aura atteint l'âge adulte et qu'il tiendra pour terrain de jeu la vastité du ciel entier.

La volière est un espace clos mais bien aéré : les ouvertures, désormais trop étroites pour que le dragon s'enfuie, sont laissées béantes de jour comme de nuit. C'est par l'une d'elles qu'un soir d'été, juste avant le départ des pensionnaires pour la retraite, une vieille pie éreintée se glisse dans le Couvent. Le dragon, qui l'a aussitôt repérée, décide de jouer avec elle. Il la poursuit entre les arbres de son aire, l'empêche de se poser, la rabat contre les murs, finit enfin par l'assommer d'un revers d'aile.

Moïra, accourt, alertée par les bruits et trouve le dragon au coin, son museau plein de sang et de plumes. Le cadavre de l'oiseau, ouvert en deux, gît abandonné plus loin. À la patte de la pie est fixé un fin rouleau de parchemin.

La jeune fille le détache, le déroule et lit :

« L'Empereur Laserian est mort le treizième

jour de ce mois. Son fils Aslander est toujours porté disparu. Pour la première fois depuis mille ans, l'Empire des Sicles est sans tête. »

Le message est signé de trois petits ronds à l'encre bleue : un plein, un vide, un plein.

• • • • • •

Le lendemain, sans lui fournir d'explication, la Grande Magèstre interdit à Moïra de suivre ses compagnes dans les ermitages d'altitude. Elle est astreinte à demeurer au Couvent, dans la seule compagnie des Mères et des serviteurs.

Du haut de son belvédère, Moïra scrute les falaises grises chapeautées de glaciers, les alpages, la vallée en contrebas et la naissance de mille arcs-en-ciel fugaces dans les brumes d'eau des chutes de la Nogoc.

Elle étudie les nuages qui vont où le vent les pousse et ne connaissent ni les murs ni les chemins. Qui, demain, seront ailleurs en ayant tout oublié d'aujourd'hui.

•

Moïra sort à l'aube relever les pièges qu'elle a posés la veille. La plupart ont été saccagés par des animaux trop gros pour s'y laisser prendre, mais elle finit par découvrir une hermine, crochetée à la patte arrière par un nœud de cordelette en cuir. Elle délivre la bestiole d'un geste sûr et la fourre sans ménagement dans la besace qu'elle referme avec soin.

Arrivée à la volière, elle appelle le dragonnet avec des petits claquements de langue et de brefs sifflements. Pour qui n'est pas habitué, on pourrait croire que la bête n'a rien remarqué. Elle approche cependant, presque sans bruit, ses écailles foncées confondues avec la rocaille de son aire. Elle a flairé la nourriture.

« Tu es trop jeune pour avoir un nom à toi, dit Moïra. Et dans tous les cas, ce ne sera pas à moi de te le donner. Mais comme je vais bientôt partir, et que nous n'aurons plus l'occasion de nous revoir, je vais te prêter un nom pour me lier à toi et pouvoir t'appeler dans mes souvenirs. »

Alors qu'elle s'est débattue tout le long du chemin, l'hermine refuse à présent de sortir de la besace grande ouverte. Elle sent la présence du reptile et, terrifiée, feint la mort. Moïra dépose le sac de cuir devant elle. Le dragon continue de progresser, pas à pas, ailes repliées, souple comme un chat.

« Je n'ai pas besoin de faire appel à la Vérité, poursuit Moïra. Ce que je fais ici, je ne le fais pas pour les Principes. Je le fais uniquement pour moi. »

Soudain, comme répondant à un signal imperceptible, l'hermine bondit hors du sac et file ventre à terre vers une encoignure où se cacher : un éclair brun, au ras du sol. La patte du dragon s'élève, retombe trop tard, juste derrière la queue de sa proie, n'attrape que le vide. L'animal à fourrure vise l'entre-deux d'un rocher, une faille inaccessible. Le monstre déploie ses ailes et s'arrache du sol en un bond formidable.

L'hermine cesse de courir, roule sur elle-même une fois, deux fois, s'étend de tout son long sur le dos : la flèche l'a percée en pleine course, de flanc à flanc. Elle est morte avant que le dragon ne retombe sur elle pour l'écraser de tout son poids.

« Je t'appelle Mélane, dit Moïra, en abaissant son arc. Nous seuls savons que je t'ai donné ce nom. »

Un craquement d'os lui répond. Moïra se détourne. Elle ne veut pas voir ce qui va se passer ensuite.

Sortant de la volière, elle néglige de remettre en place la grande barre qui empêche la porte d'être poussée de l'intérieur.

•

L'escorte impériale arrive avec la nuit : cinq soldats en tenue de campagne, menés par un vieux courtisan. Moïra les entend avant de les voir, qui appellent depuis le bas de la porte principale pour qu'on vienne leur ouvrir. La Grande Magèstre elle-même s'empresse pour les accueillir.

L'ambassade était attendue, un repas froid a été préparé au réfectoire.

Moïra est conduite en leur présence et, dès qu'il l'aperçoit, un homme à favoris taillés met un genou à terre, aussitôt imité par les soldats derrière lui.

« Dame Moïra de Thecel, nous sommes porteurs de désolantes nouvelles, fait-il sans se relever.

— L'Empereur mon père est mort.

— Vous devez paraître au Palais de toute urgence. Le trône ne doit pas rester vacant. »

Moïra sent les doigts de la Magèstre appuyer contre son dos. Elle la pousse sans force, avec fermeté.

« Va, petite princesse. Pars accomplir ton destin. »

•

Le voyage est passé presque en silence, toujours de nuit.

Nul rapport avec les trajets d'automne, pleins des chants des pensionnaires, des histoires de l'année écoulée et du soulagement de se retrouver loin des Mères. Moïra est seule, entourée d'adultes taiseux, ou si obséquieux qu'elle préfère qu'ils ne lui adressent pas la parole. Les soldats restent sur le qui-vive, semblent ne jamais se reposer. On s'arrête à deux reprises sur le trajet, loin des cités, dans des fermes dont les propriétaires ont été payés. Moïra dort comme un loir. À la tombée du jour, le voyage reprend.

C'est dans l'obscurité complète d'une lune noire qu'elle descend le cours du Cavo, dans les ténèbres encore qu'elle rentre au Palais en toute discrétion, par un des nombreux souterrains permettant de s'échapper en cas de siège.

On ne la mène pas à sa chambre habituelle, mais dans les appartements impériaux où, malgré l'heure, une douzaine d'Œcumaîtres en tenue d'apparat siègent à une table de conseil. Le plateau est jonché de gobelets et de cruches vides, de pages de notes, d'arbres généalogiques. Les visages sont défaits, les corps affalés. À travers le carreau, l'aube pâlit à peine dans le ciel.

« Dame Moïra de Thecel ! » s'exclame l'un d'eux quand elle entre, se mettant debout comme un pantin maladroit. Certains l'imitent, d'autres restent assis.

Silence.

« Il n'y a pas, dans les annales de l'Empire des Sicles, de précédent à la situation que nous vivons. C'est la première fois qu'un Empereur disparaît sans laisser derrière lui ni époux, ni frère, ni héritier mâle. L'Œcumaîtrise, considérant les intérêts supérieurs qui sont en jeu et les risques de guerre civile, a décidé que, dès après vos noces, vous deviendrez notre Impératrice. Votre règne commence ce soir. »

Moïra ne répond rien. Elle a envie de changer d'habits, de prendre un bain. Elle aimerait qu'on l'amène sur la tombe de son père. Elle voudrait qu'Aslander, son frère, soit là pour la réconforter.

Elle demande :

« Mes noces ?

— Sire Laserian, l'Empereur votre père, a toujours soutenu l'idée qu'il convenait de rapprocher la Cour de l'Œcumaîtrise. Il avait décidé de l'alliance nuptiale la plus souhaitable. Le jeune Nal de Sola sera votre époux, votre confident et votre conseiller.

— Nal ?

— Nous sommes ravis de vous faire savoir qu'il s'enthousiasme à cette idée. »

Moïra sent ses jambes faiblir. La dernière étoile, derrière la fenêtre, disparaît.

L'Œcumaître insiste, embarrassé :

« Il va de soi que Nal de Sola n'accédera jamais au statut d'Empereur. Vous serez jusqu'à la mort notre monarque souveraine…

— Il faut… il faut que je m'isole.

— Cela va de soi. Qu'on l'accompagne à sa cellule. »

•

La pièce est carrée, presque sans meubles. Une ouverture, dans le haut de la porte, permet aux gardes du couloir de surveiller ce qui se passe à l'intérieur. Le seul angle qui échappe à cette surveillance est un coin d'aisances, dans lequel une grande bassine d'eau tiède a été déposée.

Des vêtements, accessoires et bijoux gisent sur une table étroite. En écartant les papiers de soie, Moïra révèle des robes pleines de fronces, de brocarts et de dentelle. Des habits hors temps, certainement portés, en pareilles circonstances, par des aïeules mortes depuis des générations. Moïra se rencogne près de la baignoire. Une petite fenêtre au verre opaque ouvre sur un mur abrupt, dix étages de chute jusqu'à une cour d'entraînement.

L'air du matin est doux, le ciel rosit au-dessus de la forêt. La jeune fille essaie de contenir une nausée. Elle voudrait s'éveiller, sortir de ce cauchemar. Sursaute lorsque la pie se pose entre ses mains dans un grand froissement d'ailes.

Ce n'est pas la même qu'au Couvent, bien sûr. Mais elle a elle aussi un message à délivrer.

« Les oiseaux sont patients et fidèles : celui-ci espère encore voir revenir sa belle. Suis le mur ouest, fie-toi aux bruits. Avale ce message. »

Signé de trois ronds : plein, vide, plein.

Moïra force le messager à s'envoler à nouveau, clôt la fenêtre, met en bouche le parchemin et mâche jusqu'à pouvoir le déglutir. Elle entend, dans le couloir, les gardes converser à voix basse. Moïra se plaque contre le mur, colle son oreille à la pierre et retient son souffle. Quelque chose tique dans l'épaisseur du mur. Elle avance d'un pas, d'un pas encore. Sent qu'elle approche. Quelqu'un, dans le couloir, fait tinter un gros trousseau de clés.

Au moment où l'une d'elles racle la serrure, la paroi pivote sous son épaule et Moïra plonge dans le noir.

•

Le passage secret mène jusqu'à l'autre côté des douves, aux écuries des moulins. Un cheval fraîchement débourré attend au milieu des bêtes de trait. Kai a préparé des bagages dans deux grandes sacoches de selle : habits de rechange, provisions, couvertures et bâches, ainsi qu'un des arcs préférés de Moïra, pris dans l'armurerie plusieurs jours plus tôt.

« Comment as-tu fait pour te faire obéir des pies ? voudrait savoir la jeune fille.

— Je te montrerai, réplique la cartographe. Le temps ici est compté. »

Moïra aimerait s'attarder dans les odeurs chaudes, parler de tout avec Kai, lui demander conseil, qu'elle l'aide à prendre des décisions. Mais le Palais entier s'est mis à bruisser : des trompes sonnent, des cloches battent. Des cris sont repris de proche en proche.

La princesse enfile une cape vert et brun par-dessus ses habits de route, cache ses cheveux sous une toque. Elle s'imagine ressembler à un meunier, un traîne-ruisseau.

Elle se présente enfin à sa monture, fixe son barda, lui grimpe sur le dos.

« Où vas-tu ? demande Kai.

— Où veux-tu que j'aille ? répond Moïra. Je me rends dans le domaine d'Edin. Je vais chercher mon frère. »

•
•

Les terres palatiales constituent un vaste domaine, sur plusieurs jours de route en toutes directions. Elles sont maillées d'un réseau de voies de circulation dense et bien entretenu, reliant l'édifice capital à ses communs, ses provinces et ses domaines. Moïra sait qu'elle doit éviter les voies principales, de même qu'elle ne peut espérer embarquer sur un canal ou un fleuve par les ports habituels. Il lui faut mettre rapidement la plus grande distance possible entre elle et le Palais en se gardant à tout prix de croiser des soldats ou des gens d'armes.

Moïra choisit de prendre par la forêt, quitte à dévier dès le départ de sa direction générale. Très vite, elle abandonne le chemin marqué pour des sentes dans les fourrés, où sa monture peine à maintenir un pas soutenu. Elle connaît ces endroits, où elle venait petite, avant le Couvent. La forêt se fait plus vallonnée à mesure qu'elle s'éloigne, il y a des ruisseaux au fond des combes, elle jouait à y construire des barrages de cailloux, des embarcations de branches et de feuilles. Ensuite, en remontant, on croise une série de grandes clairières.

Moïra ne pense à rien. Elle se baisse de temps en temps pour éviter les branches, grommelle des encouragements à l'adresse de son cheval. Elle ne fait sa première pause qu'en milieu d'après-midi. Dès que la jeune fille met pied à terre, elle sent la fatigue l'envahir. Pour ne pas risquer de s'endormir, elle pense d'abord manger debout, mais finit par s'installer entre les racines d'un arbre immense et accueillant. Le repli est doux, obscur. Elle regarde un instant, près de son visage, une toile d'araignée abandonnée que son souffle fait trembler. Elle la trouve belle, fragile et mystérieuse. Moïra glisse dans le sommeil sans s'en rendre compte.

La lumière a changé quand elle se réveille en sursaut. Son cœur bat à tout rompre. De quoi a-t-elle rêvé ? Le grand cheval n'a presque pas bougé et son attitude dénote une confiance totale. Puis elle voit la silhouette, quelques mètres plus loin : élancée, manteau couleur feuille-morte, de longs cheveux raides et presque blancs. L'homme qui l'observe se sait vu, l'échange de regards ne dure qu'un instant : il tourne les talons et s'en va en courant.

Moïra inspecte son bivouac mais ne parvient pas à identifier ses propres traces parmi celles d'un éventuel intrus. Toutes ses affaires semblent à leur place. Elle reprend la route en frissonnant : le frais gagne sous les arbres et elle n'arrive pas à oublier que ce drôle de personnage l'a contemplée dormir sans qu'elle en sache rien.

Elle évite à plusieurs reprises les sous-bois clairsemés au travers desquels on aperçoit les premiers champs, continue d'avancer à couvert jusqu'à la tombée de la nuit. Elle choisit de ne pas faire de feu et s'installe dans les hauteurs d'un arbre, calée à une grosse branche, assurée au tronc par une corde. Le vent fait bruire les feuillages. Il porte des voix, lointaines ou murmurées. Moïra dort mal.

•

Le deuxième jour, en milieu de matinée, la forêt marque le pas. Le pays au-delà est fait de collines douces et incultes : des herbes hautes, des graminées, quelques fleurs aux couleurs vives. Moïra n'est jamais venue ici. Elle ne voit ni habitation ni présence humaine, laisse le cheval mettre ses pas dans un sentier à peine tracé. Devant eux, des papillons se courtisent dans leur drôle de vol zigzagant.

Au détour d'un chemin, elle manque de renverser un enfant accroupi, occupé à cueillir des baies. Il y en a deux autres, debout un peu plus loin, et des adultes près des baquets. Trop tard pour s'arrêter, faire demi-tour, chercher un autre chemin.

« Salut, tente Moïra.

— Attention, répond le môme, sans lever les yeux.

— Salut à toi, apostrophe la femme, quand le cheval parvient à son niveau. Je suis Roisin de Naugay, et voici mon frère, Greine, avec ses enfants, qui sont mes neveux et nièces. »

Moïra arrête sa monture, hoche la tête, montre les paumes de ses mains nues. Elle sait qu'elle devrait décliner son identité en retour, mais n'a pas préparé de mensonge et ne peut donner son vrai nom.

« Je me suis égarée dans la forêt, tente la jeune fille. Je cherche à rejoindre le cours du Cavo et un port d'embarcation afin de me rendre au pied des montagnes. »

La femme échange un regard avec l'homme qui l'accompagne, qui hoche la tête à sa seule intention.

« Tu es perdue, en effet, jeune inconnue. Mais le Palais de Thecel n'est qu'à une journée d'ici et, de là, tu auras vite fait d'atteindre ton but.

— Je ne veux pas aller dans cette direction, répond Moïra.

— En ce cas, il va te falloir une monture plus discrète. Et te trouver un nom. »

Les petits ont cessé leur cueillette. Ils s'approchent pour voir ce qui retient la voyageuse. Moïra sent, bien plus qu'elle ne l'entend, l'un d'eux dans son dos se baisser pour ramasser une pierre.

« Qu'est-ce qu'il y a dans tes sacoches ? demande encore la paysanne.

— Je ne vous souhaite aucun mal, dit Moïra. Laissez-moi passer.

— Ce sont des menaces ? »

Elle sait ce qui va se produire, connaît les gestes par cœur, les a répétés mille fois à l'entraînement avec les Mères. L'arc et les flèches sont à portée de main, un seul mouvement, tout en fluidité. Viser pour frapper la main. Ne pas risquer une blessure grave.

Mais Moïra n'a pas le temps d'agir : son cheval bondit sans prévenir, esquive l'homme qui cherche à l'arrêter et part au galop sur le sentier. Un seau à demi plein de framboises sauvages bascule et se renverse. Elle ne se retourne pas.

•

Tant que le cheval peut tenir cette allure, Moïra poursuit sans ralentir.

De loin en loin, elle aperçoit des corps de fermes, des troupeaux de ruminants, des stères alignés. Elle ne répond pas aux rares saluts qui lui sont adressés à distance, bifurque avant d'être à portée de voix. Elle peine à ne rester que sur des voies secondaires : tous les chemins semblent vouloir rejoindre des routes, comme si le pays lui-même cherchait à la ramener vers la civilisation. Elle avance hâtivement, poussée par la crainte et le désir d'échapper à l'emprise du Palais. Il s'en est fallu de peu pour que sa première rencontre ne tourne au drame.

Au moment où le quadrillage des champs et des pâtures se fait trop dense, elle avise une clôture qu'elle pousse le cheval à sauter. Le terrain au-delà paraît sans limites, couvert uniquement d'un maquis bas de végétation retournée à l'état sauvage. Moïra déjeune et poursuit sa route jusqu'à la fin de journée sans croiser âme qui vive.

L'Empire des Sicles est tout entier réglé par des normes. Depuis un millénaire, les Œcumaîtres ont employé des armées de cartographes, arpenteurs, ingénieurs et ouvriers, afin d'aménager jusque dans ses recoins reculés un univers capable de subvenir aux besoins de tous les habitants. Chaque femme, chaque homme, en fonction de son lieu de naissance et des activités de sa famille, est tenu d'y accomplir au mieux la tâche qui lui est dévolue. Moïra n'a jamais prêté grande attention au découpage des terres palatiales, mais croit se souvenir que celles-ci sont principalement consacrées à la production de nourriture pour l'édifice capital. Elle ne comprend pas la fonction de ce lieu délaissé dans lequel elle se trouve.

Le vent tourne avant la nuit, rabattant en plein nez des remugles inconnus. Le cheval, au pas, renâcle d'abord à suivre cette nouvelle direction qu'elle entend prendre. Au-delà de la petite butte, le ciel assombri a une drôle de teinte orange. Moïra gravit prudemment l'éminence. Une rivière noire, canalisée en chutes bruyantes, coule en contrebas. Sur son cours est érigé un bâtiment massif et trapu, hérissé de cheminées courtaudes. Les rares ouvertures palpitent d'une lumière intérieure rouge et or. Une route aux lacets larges remonte l'autre versant du val.

Moïra fait demi-tour, dresse un camp aussi discret que possible et passe sa deuxième nuit dehors, sans oser allumer de feu.

•
•
•

L'impatience la réveille avant l'aube.

Tenant son cheval par la longe, elle contourne l'édifice, prenant soin de passer suffisamment au large. La lune vient de se coucher et des ténèbres presque complètes règnent sur le val. Moïra marche vite pour chasser le froid. Au fond de la cuvette, le seul bruit est celui de la rivière qui cataracte de bassin en bassin. Les fenêtres sont noires. Tout semble mort ou endormi. L'eau du ruisseau est fraîche, sans goût ni odeur. Moïra, dissimulée par un gros rocher, en profite pour remplir ses gourdes. Elle traverse ensuite par un pont de planche, tirant sa monture, l'encourageant à mi-voix. Puis, prenant bien garde de mettre assez de distance entre elle et la route, elle remonte sur la face adverse, laissant la manufacture derrière elle.

L'heure qui précède le lever du soleil est la plus froide. Moïra marche à grandes enjambées pour se réchauffer. Les buissons sont presque aussi hauts qu'elle, elle ne craint plus d'être aperçue, et le bruit de ses pas, de son souffle, des sabots l'empêche d'être attentive aux petits sons. Même quand son cheval piaffe au passage d'un arbre, elle ne s'alarme pas.

L'instant d'après, on se jette sur elle depuis une branche. Le choc la fait tomber à terre, à plat ventre. Elle tente de se dégager d'un coup de reins mais l'autre, deux fois plus lourd, s'installe sur son dos et presse un coude contre sa nuque pour l'immobiliser. Le cheval panique, hennit, il piétine le sol tout près du visage de Moïra. Au moins une autre personne est présente, qui approche pour se saisir de la longe et siffle doucement entre ses dents pour apaiser la bête.

« Belle cavale, estime quelqu'un qu'elle ne peut pas voir.

— Elle vient du Palais, opine une autre voix. On reconnaît les meilleures.

— Et pourtant, ce n'est pas une gent d'armes. »

On saisit Moïra par les épaules pour la retourner. Elle sent des mains passer dans ses cheveux.

« Pas une gent d'armes du tout.

— Alors quoi ?

— Elle vient du Palais, mais elle en a fui. »

Dès qu'on la lâche, Moïra se met en position assise.

Elle compte quatre personnes autour d'elle, difficiles à distinguer les unes des autres. Une des silhouettes, pourtant, lui est familière : celle qui tient le cheval d'une main, lui flatte l'encolure de l'autre. C'est l'homme aux cheveux longs et blancs de la veille.

« Et vous, vous êtes qui ? tente-t-elle à haute voix. Qu'est-ce que vous faites ici ? »

Si elle était mieux assurée, si elle ne doutait pas de sa position, elle pourrait incorporer le Principe d'Autorité. Mais, malgré son intention, la voix qui sort de sa bouche sonne très faible à ses propres oreilles.

« Tais-toi, chuchote l'un d'eux.

— Je…

— Silence ! »

Un attelage passe sur la route non loin. Le cocher chantonne. Des gens discutent. Sous l'arbre, le groupe entier se tient immobile et retient son souffle. Quand les bruits finissent de décroître, l'homme aux longs cheveux reprend :

« On t'emmène au camp et on règle ça avec les autres. Suis-nous. »

Moïra se laisse escorter. Les herbes, lourdes de rosée froide, mouillent le bas de son pantalon.

Le jour se lève quand ils arrivent aux quelques huttes de branchages confondues avec le bosquet.

•

Moïra n'a jamais vu autant de Faces Pâles de toute sa vie.

Elle en a croisé, de loin en loin, dans les recoins du Palais, le plus souvent affectés aux tâches pénibles ou salissantes. Elle se souvient avoir jadis trouvé étrange que des gens si blafards soient chargés du tri et de l'incinération des ordures, du trempage des peaux dans les tanins puants et abrasifs. Il y avait eu Gries, au Couvent, sa grande patience envers les enfants, ses histoires incroyables. Et puis sa disparition, un beau jour, sans crier gare.

Le camp dissimulé est composé de six personnes : deux femmes et quatre hommes, dont un vieillard. Tout y est bien rangé, camouflé sous des branches et des feuillages afin de ne pas être visible de loin. Une décoction épaisse clapote sur un feu enterré. On en sert un bol que l'on passe à Moïra : c'est fade et amer, mais ça lui fait du bien après deux jours de repas froids.

« Vous êtes bien installés, fait-elle, après avoir presque tout bu à grandes lampées. Mais pourquoi si près de la route ?

— Nous ne pouvons pas nous éloigner de l'usine, répond la plus jeune des deux femmes.

— Ils nous ont promis des noms, poursuit l'homme aux cheveux longs. Des vrais. Alors en attendant, chaque jour, ils peuvent nous faire travailler ou nous laisser chômer selon leurs besoins.

— Mais si vous travaillez pour eux, pourquoi vous cacher ? »

Le vieillard ricane, à moins qu'il n'étouffe une toux. Le chevelu se sert à son tour dans la marmite et dit :

« Ce sont des arrangements connus des seuls contremaîtres. Nous n'avons pas le droit d'être ici. Tant que nous n'avons pas de noms, nous ne sommes vraiment les bienvenus nulle part dans l'Empire des Sicles. »

Moïra baisse les yeux. Depuis toujours, l'Empire mène une guerre sans pitié contre les envahisseurs. Des fronts ne cessent de s'ouvrir. Moïra a entendu parler des enclaves, conçues pour contenir les barbares. Elle sait que dans certaines d'entre elles, on prélève parfois des civils pour pallier les défauts de main-d'œuvre.

Le rapport de forces est toujours en notre faveur.

Dans son imaginaire, les ennemis sont cruels, armés, ivres de sang : une masse sans visage, une force de la nature, déferlant vague après vague, au fil des siècles, jusqu'à saper l'organisation impériale. Elle n'a jamais fait le lien avec les Faces Pâles qu'elle a croisés jusqu'ici, qui lui ont toujours paru soumis et vaguement tristes.

Moïra relève le nez pour les étudier, tous les six. Ils ont l'air las et fatigués. La plus jeune des femmes est sans doute souffrante.

« Qu'est-ce que vous comptez faire, si vous obtenez un nom ?

— Partir d'ici.

— Nous établir dans une ville ou un village. Mener une vie normale.

— Personne ne peut œuvrer dans l'Empire tant qu'il n'est en mesure de fournir un nom et un lieu de naissance. »

•

Les employés de l'usine apparaissent avant midi. Ils restent à une trentaine de pas, se contentant d'appeler puis de montrer des chiffres sur leurs doigts. Trois des Faces Pâles les rejoignent et s'en vont avec eux. Moïra s'est cachée dès qu'on l'a avertie de leur approche.

Elle reste ensuite avec la plus jeune des deux femmes, le vieillard et l'homme aux cheveux blancs.

« Dis-nous, fait ce dernier au bout d'un temps. Raconte-nous ce que tu fais ici et ce que tu peux nous apporter. »

Moïra explique, à grands traits. Son frère parti au front, la mort de son père, le mariage arrangé. L'aide providentielle d'une amie qui l'a aidée à s'échapper. À aucun moment elle ne mentionne son rang, mais ne cache rien d'autre. Elle se doute que les nouvelles de sa disparition ont circulé plus rapidement qu'elle-même ne l'a pu.

« Tu comptes vraiment rejoindre le domaine d'Edin ?

— C'est ma destination.

— Et que feras-tu, une fois là-bas ?

— Je chercherai mon frère.

— Et s'il n'y est plus ?

— Je suivrai ses traces.

— Même si c'est dangereux ?

— Je n'ai pas peur. Là où il est allé, j'irai. »

L'homme aux longs cheveux la fixe un moment. De près, son visage est marqué, constellé de petites taches plus blanches encore.

« Écoute-moi, dame Moïra de Thecel : tu ne parviendras nulle part avec ce cheval et sous cette apparence. Tout le Palais te cherche par les bois et les prés. Tu as beaucoup de chance de ne pas avoir été déjà découverte.

— Te garder ici nous fait courir un grand risque », opine la jeune femme.

Moïra aimerait protester mais elle retient les mots et attend.

« Écoute bien, continue l'homme. Nous sommes tous originaires d'une île luxuriante sur l'océan d'Abacule, un endroit que certains ont parfois appelé Mechead. Lorsque tu seras passée, demande aux Décompteurs des nouvelles de notre pays et, si tu le peux, va jusqu'à notre île. Dis à ceux qui y sont restés que nous sommes en vie. Dis-leur que nous menons une vie heureuse, que notre seule contrariété est de ne pas être avec eux. Dis-leur que nous nous reverrons un jour, ou bien à la prochaine partie. »

L'homme se lève. À la lisière du camp, il va soulever le tapis de branchage d'une cache profonde. Il fouille longtemps, à quatre pattes, puis revient avec une robe affreusement humide, un tablier et un chapeau de cuir, des bottes de marche, un sac à dos.

« Pour prix de notre service, nous prendrons toutes tes affaires de route, ainsi que ta monture. Dès que la journée de travail sera finie, tu monteras sur la charrette qui quitte l'usine. Tu n'en descendras qu'à Tian-Reumia, pour passer la nuit dans le dortoir commun. De là, il te sera possible de rejoindre des convois dans la direction de ton choix. »

Le vieillard est déjà en train de déharnacher le cheval et de vider les sacoches.

« Nous allons échanger nos réserves de nourriture et remplacer une partie de ton équipement. Il ne faut pas que les objets que tu emportes puissent trahir ton origine.

— Il va aussi falloir te couper les cheveux, dit la jeune femme.

— Tu t'appelles maintenant Yvine de Nira, tu es tâcheronne. Tu finis un mois de labeur aux usines de Genri et tu rentres chez toi. Tu ne possèdes rien de plus que ce que tu as sur le dos. »

La femme tranche proprement les longues mèches, qu'elle jette au feu. Elle fait à Moïra une coupe presque rase, qui lui donne l'air d'une sœur combattante. La jeune fille ne dit rien, elle se laisse faire. Elle répète intérieurement : *Mechead sur la mer d'Abacule*. Et puis : *Yvine de Nira. Les usines de Genri. Tian-Reumia.*

À aucun moment elle ne mentionne son arc et ses flèches. Elle a discrètement suivi des yeux le vieux, quand il les a déchargés et posés dans le coin cuisine. Elle ne va les chercher qu'au tout dernier moment, prétextant le besoin de faire ses adieux au cheval, et les dissimule comme elle le peut sous le manteau beaucoup trop grand.

« Bonne route, Yvine de Nira, salue l'homme aux cheveux longs. Si tu croises dame Moïra de Thecel, dis-lui qu'on lui souhaite de revenir bientôt. Et qu'elle ne doit pas oublier ses amis, lorsqu'elle sera sacrée Impératrice. »

Moïra trotte jusqu'à l'usine et va s'asseoir à l'arrière d'une des charrettes, où attendent déjà deux tâcherons. Une fois les capuches rabattues, les corps sous les manteaux se ressemblent tous. Elle voit sortir les trois Faces Pâles, exténués : ils passent devant elle sans lui adresser le moindre signe.

Plus tard, le véhicule se met en branle.

En sortant du périmètre, la charrette franchit un unique contrôle. On agite une lanterne sous le nez de Moïra, une voix la force à relever la tête. Le garde la dévisage un instant.

« Allez ! » grogne-t-il.

Elle a vu dans ses yeux qu'il ne la reconnaissait pas.

•
•
•
•

Dans la pénombre et les ronflements du dortoir de Tian-Reumia, Moïra se demande à quoi ressemble Nira. S'il s'agit d'un endroit réel de l'Empire. Si c'est un pays ou bien seulement une cité. Le climat qui y règne et comment y sont les maisons. Quelles vies les gens mènent là-bas. Elle fait appel à ses lectures, ces voyages dans les vieux livres du Palais, songe à des fêtes, des danses, des voisinages. Moïra s'inquiète de ce que quelqu'un puisse l'interroger sur ses origines et craint de ne pas savoir mentir avec suffisamment d'aplomb.

Une dizaine de jours de route au sein de différents convois et caravanes, sur des barges, dans des haltes de marchands, suffisent à la convaincre qu'elle ne court en réalité aucun risque. Seuls les Œcumaîtres et leurs gens d'armes, en Thecel, se préoccupent des toponymes. À moins que votre lieu de vie ne soit intimement connu de quelqu'un autour de vous, aucune question n'est jamais posée. Les voyageurs solitaires sont rarissimes et abordés avec la plus grande circonspection. Et ceux que leurs occupations obligent à se déplacer ne le font qu'au sein d'équipages d'une dizaine de personnes, en se mettant sous la protection de guides expérimentés.

Moïra pense d'abord que cette façon de faire facilite le franchissement des points de contrôle. Les vérifications des groupes par les gens d'armes sont sommaires, et la présence de figures familières dans les colonnes rend ces formalités plus rapides encore. Mais après quinze jours de voyage, alors qu'elle descend le cours d'une rivière pleine de roselières noyées et de hauts-fonds, la vraie raison de cette coutume lui apparaît.

La barque longue n'est chargée que de huit personnes, et le nautonier la manœuvre à la perche avec une habileté tranquille dénotant une longue habitude. Le matin est frais, la plupart des passagers dorment encore. Moïra, entortillée dans sa couverture, regarde l'homme planter la gaffe dans les sables affleurant, invisibles sous le fin voile de brume qui masque la surface.

« Comment saviez-vous que le haut-fond était là ?

— Je l'attendais », répond le pilote sans quitter l'eau des yeux.

Puis, au bout d'un court instant :

« On se croise toutes les semaines, depuis vingt-cinq ans. J'ai vu grandir ce banc, je l'ai vu s'effondrer et presque disparaître certains printemps. Je sais quelle forme il aura la prochaine fois que je viendrai. Je connais mieux ce bout de rivière que mes propres enfants. Si je ferme les yeux, je vois chacun de ses méandres.

— Vous n'avez pas de carte ? »

L'homme rit doucement.

« Bien sûr que si. Je la garde ici. »

Et du bout de son index gauche, il se tape le crâne un peu longuement, du même geste que l'on fait pour signifier de quelqu'un qu'il est fou.

C'est pour ça que personne ne questionne les étrangers, se dit Moïra. *Les gens ne connaissent d'autres lieux que ceux par lesquels ils sont déjà passés.*

Le nautonier se penche pour retirer la gaffe, la relève bien haut. Il hume l'air froid, prend un instant pour regarder un vol d'oiseaux, replante sans regarder son outil à l'endroit idéal.

Il est si facile de se perdre quand on n'a pas de plan.

Moïra songe au plafond de la nurserie, à cette carte gigantesque dont elle ne parvient à se rappeler aucun détail. Un dessin du monde, document inestimable dont il ne reste, dans son souvenir, qu'un tourbillon de couleurs.

•

À chaque halte, dans l'attente du prochain départ de convoi, Moïra fait en sorte de ne pas attirer l'attention. Elle a rodé une technique assez efficace, qui consiste à repérer un groupe et à tout faire avec lui. Elle commence par s'asseoir près d'eux, à distance raisonnable, puis réduit cet écart à mesure qu'ils s'habituent à sa présence. Elle ne regarde personne dans les yeux, répond aux questions sans s'épancher, n'adresse jamais directement la parole. Elle mange en même temps qu'eux et dort quand ils se couchent.

Et, surtout, Moïra écoute. Elle guette les nouvelles du front, les rumeurs de guerre. Dresse l'oreille dès que le nom Edin est prononcé. La plupart du temps, elle ne subit que de longs et épuisants échanges entre cultivateurs, éleveurs, commerçants. Les prix des denrées, le climat, les bonnes affaires. Les taxes impériales et les nouvelles contraintes imposées par l'Œcumaîtrise. Mais petit à petit, à mesure qu'elle avance, les mentions d'Edin se font plus régulières, plus nombreuses. On parle de mobilisation, de déplacements de populations. Plusieurs routes commerciales ont été déviées par le conflit. Le génie a entrepris de grands travaux. Le verdict est unanime : mieux vaut oublier Edin pour le temps à venir.

Moïra répète pour elle seule les quelques noms qu'elle parvient à glaner. Elle tente d'agencer, à partir de là, les lieux dont elle apprend l'existence. Les landes et les marécages, la confluence de cours d'eau, une cordillère, des falaises sur lesquelles les forteresses d'Edin sont construites.

•

Deux jours plus tard, elle prend la route en même temps qu'une cinquantaine d'hommes, femmes et enfants partis pour Siumo collecter de la tourbe. La fin d'été est étouffante : ils marchent du petit matin jusque vers midi, se reposent à l'ombre, se remettent en chemin quand le soleil décroît, pour ne s'arrêter qu'à la nuit. Le convoi est lent mais Moïra se sent calme. Cela fait longtemps qu'elle n'a plus croisé de soldats. Elle s'est habituée à la nourriture chiche et au peu de confort de la route, s'est coulée dans les mauvais habits, l'apparence négligée, le faux nom qu'on lui a donné.

Au soir du cinquième jour, la petite troupe double un hameau à la sortie de deux vallées, construit autour d'un vieux caravansérail. Un faubourg de tentes bariolées grandit encore cette halte, dans laquelle la guide refuse de s'arrêter.

« Il nous reste trois heures de lumière. Avançons. »

Moïra regarde plusieurs fois en arrière, à mesure qu'ils s'éloignent : les fanions en haut des mâts, les feux que l'on allume. Elle a l'intuition que, là-bas, quelqu'un sait ce qu'est devenu son frère, mais n'ose pas se détacher du cortège, se distinguer soudain et risquer de se dévoiler.

Les ombres s'allongent et dessinent sur les bascôtés poussiéreux une bête monstrueuse, un millepattes tout hérissé de membres.

•

Le lendemain vers midi, alors qu'ils se sont arrêtés dans un bosquet de maigres acacias, ils croisent les premiers fuyards, à cheval. Ceux-ci passent dans un grondement de sabots, soulevant derrière eux un nuage jaune et collant : une demi-douzaine d'abord, puis dix de plus, et ainsi de suite. Ils n'ont pas un regard pour le convoi. Sans doute ne les voient-ils même pas.

L'inquiétude gagne les collecteurs de tourbe. « Est-ce que cela veut dire… ? Attendons, ce n'est pas encore sûr… Comment va-t-on faire ? Déjà qu'on ne peut plus passer par Edin… Et la grand-route de l'Ouest ?… Ça n'a jamais été qu'une histoire pour les mômes… Faisons demi-tour dès maintenant… Continuons si nous le pouvons… »

On repart avant la fin de la sieste. Un tout-petit braille sans discontinuer. Les adultes échangent à mi-voix. Et puis voilà qu'arrivent sur la route les premières charrettes, pleines à en plier les essieux : des vies entières entassées sur trois planches de bois, tous les objets, tous les meubles et l'ancêtre au-dessus qui ne peut pas marcher.

« Où allez-vous ? s'enquiert la cheffe de convoi.

— Où on pourra ! Faites demi-tour, faites demi-tour tout de suite.

— Que se passe-t-il ?

— On évacue. L'ennemi arrive.

— Et nos armées ?

— En chemin elles aussi. Rentrez chez vous.

— Combien de temps avant le début de la guerre ?

— Personne ne sait. Mais c'est inutile, vous ne pourrez pas atteindre Siumo.

— Alors c'est pour de bon ? »

La cheffe reste là, interdite, tandis que le propriétaire de la charrette se remet en marche, en sens inverse.

De vives discussions éclatent dans le convoi, entre ceux qui veulent partir tout de suite, ceux qui veulent poursuivre. Moïra étudie le paysage très vide, se demande si elle peut s'éclipser sans attirer l'attention. Elle n'a jamais été si près du but.

Tandis que les collecteurs continuent de débattre, d'autres familles sur la route de l'exode descendent jusqu'à eux et leur redisent les mêmes rares nouvelles. Les envoyés de l'Œcumaîtrise ont fait sonner les cloches d'alarme. La guerre fond sur le monde. Il faut déserter les terres, ne pas risquer d'être faits prisonniers, ne rien laisser à l'ennemi.

Moïra s'éloigne, s'isole entre les quelques arbres secs et attend que ses compagnons se résolvent à s'en aller. Ça dure. On renâcle à renoncer à la campagne de tourbe. Les locaux s'agacent. Le groupe se dispute. Le père de l'enfant qui chouine a des mots durs.

Avec soulagement, Moïra voit enfin la compagnie amorcer son demi-tour. Il lui semble qu'un grand jeune homme avec lequel elle a échangé trois mots la cherche des yeux. Elle se tasse, se fait toute petite. Le gars s'avance hors de la route, dans sa direction. Mais quelqu'un l'appelle soudain et, après une dernière hésitation, le voilà qui rejoint le groupe, qui s'en va à son tour.

Moïra écoute les bruits décroître.

Quelque temps plus tard, elle se retrouve seule.

•
•
•
•
•

Les premiers hameaux qu'elle traverse sont vides. Les maisons ont été soigneusement verrouillées, les volets cloués. Les poulaillers abandonnés sont silencieux. Les trappes des clapiers bâillent. Seules de grosses mouches bleues bourdonnent parfois au-dessus d'un tas de fumier.

Moïra poursuit sa route, seule pour la première fois depuis des semaines. Elle se sent vulnérable, minuscule sous le ciel immense et blanc. Quand elle voit la poussière former des nuages au loin, elle se cache aussi bien qu'elle le peut et laisse passer les groupes en plein exode. Tous semblent résignés et pressés.

Le soleil commence à décroître quand elle repère l'incendie. Une colonne de fumée noire, au loin, monte presque à la verticale dans l'air figé. C'est là que mène la route, et Moïra s'approche prudemment. Elle découvre un bourg à l'abandon, au centre duquel plusieurs bâtiments finissent de se consumer, réduits à l'état de structures noires, de schémas. Pas trace de violence, pas âme qui vive. *Sans doute un geste accidentel*, se dit Moïra. *De dépit, peut-être.* L'absence de vent a empêché le feu de se propager au-delà du pâté de maisons. L'air est lourd d'une puanteur noire, carbonique. Les maisons abandonnées semblent autant de géants hiératiques qui la regardent. Tout est très beau et inquiétant, grisant comme dans un rêve.

Moïra ne voit pas les gens d'armes quand elle tourne le coin, elle avance droit sur eux, sans ralentir. Manque de leur rentrer dedans.

« Il n'y a plus rien ici, petite, fait une femme-soldat d'une voix forte. Il faut partir. »

Moïra sursaute. Elle visualise aussitôt son arc, ses flèches sous la cape, compte une, deux, trois personnes, envisage les angles, les abris.

« Tu es sourde ? insiste un barbu. Il faut évacuer. Demi-tour. »

S'ils ne sont que trois, je peux m'en tirer.

Mais elle n'en est pas si sûre. Il faudrait agir vite, ne laisser à aucun d'eux la possibilité de donner l'alerte. *Viser les points vitaux. Tuer, peut-être.*

« Je… Je cherche mon frère…

— Tout le monde est parti.

— Va-t'en. »

Ils ne sont que trois ! Laisser les Principes agir ? Invoquer la Colère ?

Moïra hésite. Sa présence, qui jusque-là a seulement agacé les gens d'armes, commence à les intriguer. Comme à son habitude, elle porte son manteau de route malgré la chaleur, capuche baissée. La soldate approche.

« Quel est ton nom ? D'où es-tu ?

— On m'appelle Yvine. Je viens de Nira. »

Deux mètres seulement les séparent. Moïra garde les mains à la ceinture, feint la nonchalance.

« Et que fais-tu sur la route de Siumo, Yvine de Nira ? »

Frapper ou se faire prendre. Une fraction de seconde pour se décider. Moïra est sur la crête.

Mais avant qu'elle ne puisse trancher, la rue s'emplit de corps et de bruits : des enfants de tous âges chargés de baluchons ou bien trottant librement, des adultes poussant et tirant des chariots, des chèvres maigres laissées à divaguer. Les gens d'armes, surpris, s'écartent, les nouveaux venus passent en plein milieu sans paraître les voir. Moïra, un instant couverte, s'exclame à l'intention de personne :

« Ah ! Tu étais là ! »

Et se dirige à pas sûrs vers de parfaits inconnus. Elle plonge dans la cohue, se mêle aux partants, cale son pas sur le leur et ne se retourne pas pour vérifier que sa ruse a fonctionné.

Ce n'est que parvenue hors de vue de la cité déserte qu'elle sent la peur l'envahir. La panique, refoulée jusque-là, la force à s'arrêter de marcher. Elle frissonne, saisie d'un grand froid. C'est une toute petite fille, sans mot dire, qui vient alors la chercher, la prend par la main et la ramène dans la colonne.

Moïra renonce. Elle revient sur ses pas. À la tombée du jour, elle retrouve les murailles et les tentes du caravansérail dépassé la veille au soir. C'est là qu'elle abandonne les exilés de Siumo.

•

Les cantines et les dortoirs sont pleins à craquer. Les grandes tablées bruissent de plus de nouvelles que Moïra n'en a jamais entendu. Les derniers arrivés parlent d'alarme générale, de mouvements de panique, de l'arrivée rapide des gens d'armes. Une femme édentée décrit avec force gestes les messagers des Œcumaîtres, allant de bourg en bourg, répétant les consignes d'évacuation. Un homme évoque sa porcherie, le crève-cœur de l'abandon. Et à ces voix s'ajoutent celles de tous les déportés d'Edin, condamnés au même sort plusieurs mois auparavant et toujours en exil :

« Où sont nos enfants envoyés sur le front ? Pourquoi n'ont-ils mobilisé qu'une partie de la classe d'âge, et non la meilleure ? Quand pourra-t-on rentrer chez nous ? Qui protège-t-on ? Où puis-je aller me battre à mon tour ? »

On s'en prend à l'Empereur, à ses guerres incessantes :

« Qu'on ne nous fasse pas croire que c'est notre faute ! Nous n'avons jamais provoqué personne ! Nous ne savons même pas qui sont ces gens. »

Les propriétaires du caravansérail laissent dire, se contentant de passer entre les tables lorsque des gens d'armes font halte pour se restaurer. Les affaires prospèrent. Beaucoup de voyageurs sont là depuis des semaines, attendant des nouvelles du front, un guide sûr, une opportunité de travail.

Parmi ces étrangers, une troupe de bateleurs itinérants joue parfois pour les clients. C'est auprès d'eux que Moïra reste le plus souvent, attirée par la beauté sauvage des renards dressés et le charisme taiseux de leur maître, Dagan, un homme énorme et borgne, au visage piqué de cicatrices. Elle aime aussi les chansons que reprennent a cappella les Luaine, un trio de sœurs à l'apparence fragile, et qui parlent de tous les pays de Thecel. Il n'est pas rare, lorsqu'elles entament un air ou l'autre, qu'une partie des spectateurs les reprennent avec elles jusqu'à ce que les larmes leur viennent aux yeux.

La chanson préférée de Moïra est un hymne ancien et répétitif, qu'elle n'a plus entendu depuis des années et qui parle de choses perdues, d'océans sans fin, et qui la saisit d'une violente nostalgie pour les détours obscurs du Palais.

Derrière le monde, derrière le monde,
C'est là que mon amour est parti.
Derrière le monde, derrière le monde,
Je le suivrai aussi.

Moïra dort à même le sol, tassée au milieu des affaires et des corps las des bateleurs. Elle mange ce qu'on accepte de partager avec elle. Les derniers habitants de Siumo passent sans s'arrêter.

L'automne arrive.

•

Un matin, réveillée tôt et sortie faire ses besoins au-delà des tentes, Moïra découvre une série de cibles dressées en plein champ. Une dizaine d'hommes et de femmes de tous âges s'affairent derrière une ligne tracée au sol. Elle reconnaît parmi eux deux des plus véhéments va-t-en-guerre du caravansérail, éprouvant la tension d'arcs longs qu'ils ne cessent de s'échanger.

Les organisateurs de la joute regardent les préparatifs, un peu en retrait.

Moïra les a vus l'avant-veille, lors de leur arrivée. Elle les évite avec soin depuis. Leur tenue et leur port dénoncent des courtisans de Thecel. Un couple assez âgé et une jeune fille de l'âge de Moïra, une famille sans doute. En les étudiant de loin, elle leur trouve ce matin un air défait et fragile, très inhabituel chez des gens de leur rang.

Le tournoi commence sans que l'enjeu en ait été éclairci. Il y a beaucoup de tirs hasardeux, parfois chanceux, le plus souvent ratés. Les deux belliqueux seuls ont une connaissance plus que superficielle de leur arme et s'en rendent rapidement compte. Ils commencent à multiplier les regards vers les coulisses, à exagérer leurs mouvements, à prendre des poses. L'un d'eux a aperçu Moïra et lui sourit chaque fois qu'une de ses flèches frappe au but.

Elle sait qu'elle devrait s'éloigner, qu'elle a déjà trop attiré l'attention sur elle. Qu'il est inconcevable que ces gens du Palais la repèrent et risquent de la reconnaître. Mais l'exaspération, à chaque nouvelle flèche, la gagne. Alors que la plupart des concurrents renoncent et que l'épreuve tourne au duel et au spectacle bouffon, elle franchit les quelques pas qui la séparent de la ligne, prend un arc laissé libre et, sans même le tester, arme, bande et tire.

Sa flèche, avec un bruit sourd, s'enfonce de trois doigts dans le cœur de la première cible. Tout s'arrête. On la regarde. Elle décoche un deuxième trait avec la même puissance et la même précision. Un autre. Un autre.

Personne n'ose plus parler.

Quelle erreur, se dit Moïra.

Elle espérait, en utilisant ces arcs inconnus, sans échauffement, sans entraînement, faire illusion. Leur rabaisser le caquet, simplement. Elle lâche ce qu'elle a en main et s'en va, sentant à chaque pas les regards qui pèsent sur son dos.

Une joie orgueilleuse, en même temps que l'inquiétude, lui noue le ventre.

•

C'est la fille qui vient la retrouver, quelques heures plus tard. Moïra feint d'être occupée à réparer le manteau du dresseur de renards.

« Tu es très douée », commence la jeune noble en s'asseyant à ses côtés.

Elle regarde un moment Moïra, qui œuvre en silence. L'habit, étendu en partie par terre et en partie sur ses genoux, est plein de plis et de recoins, d'odeurs vivantes. C'est une tenue de spectacle multicolore, une cape de magicien dans laquelle escamoter et faire ressurgir, à volonté, le monde.

« Quel est ton nom ? demande la courtisane.

— Yvine de Nira.

— Et où as-tu étudié l'art des Mères ? »

Moïra ne répond rien.

« Qu'importe, poursuit l'autre. Je suis Daire de Talsa. Je voyage en compagnie de mes parents. Ils sont prêts à gratifier hautement une personne capable d'assurer leur protection. As-tu des engagements auprès de cette troupe ? »

Moïra reste tête basse, concentrée sur son fil, son aiguille.

« Où prétendez-vous aller ? finit-elle par demander.

— Nous avons l'intention de traverser Siumo et d'entrer en Edin.

— Ces pays ont été fermés par décision de l'Œcumaîtrise. »

Daire reprend après un court silence :

« Pourquoi crois-tu que nous recrutons une escorte ? »

•
•
•
•
•
•

Le lendemain, sous prétexte de l'aider à retrouver un renard échappé, le grand Dagan emmène Moïra pour un tour dans la plaine. Les nuits sont de plus en plus fraîches. Les pensionnaires quittent par grappes le caravansérail. D'autres prospectent les forêts proches pour rapporter du bois de chauffe. Le pays au-delà, vers les montagnes, semble sauvage, nu et beau.

Le dresseur est un bon compagnon de marche, attentif au rythme de l'autre, présent malgré son silence, par sa masse et son odeur de bête. C'est un taiseux véritable, quand il parle c'est avec une mauvaise voix, bizarrement aiguë.

« Tu connais des chansons d'Edin ? finit par l'interroger Moïra, tête tournée vers les lointains sommets enneigés. Tu es déjà allé jusque là-bas ?

— Edin. Silami. Danac. Même au-delà.

— Et comment tu fais pour ne pas te perdre ? »

Dagan ne répond rien, d'abord, et Moïra se demande s'il a entendu. Puis d'un coup :

« Il faut faire confiance. Suivre les bonnes personnes. »

Ils se sont assez éloignés pour qu'elle se sente libre de tomber la capuche, d'ouvrir son manteau. Le dresseur continue, comme s'il suivait le fil d'une pensée :

« Ces gens qui te tournent autour, ils savent où ils vont.

— Je ne suis pas sûre. »

Dagan s'arrête de marcher et pose une de ses grosses mains sur l'épaule de Moïra. Sa drôle de grimace est un sourire. Ça plisse le bourrelet de chair qui couvre l'orbite gauche.

« Ils ont une carte. »

Ils restent là un moment tous les deux, à regarder les nuages rouler devant et derrière les pans abrupts des montagnes. On devine, très loin, les hachures de pierriers, les fins cheveux de chutes d'eau : un décor peint, mouvant dans les jeux de lumière. Un paravent masquant un autre monde.

« Tu verras, dit plus tard Dagan, alors qu'ils rentrent bredouilles vers le hameau. Il y a plus de choses dans ce monde que ce que l'œil peut saisir. »

•

Le même jour, des centaines de soldats apparaissent sur la route en rangs dispersés, quittant en désordre le pays de Siumo. Ils ne répondent ni aux questions des enfants, qui les suivent quelque temps, ni aux invectives et provocations des adultes. Dans la grande salle du caravansérail, les hôtes se réunissent en groupes bruyants et inquiets.

« On ne passera plus cette année, qu'est-ce qu'on fait encore ici ? Ce carrefour n'est plus qu'un cul-de-sac. Pourquoi partent-ils ? Et si l'ennemi avançait ? On est les suivants sur la route ! »

Moïra voit la jeune Daire de Talsa en grande conversation avec des porteurs d'épée. Elle indique à plusieurs reprises la table à laquelle ses parents sont installés, en compagnie d'une grosse femme d'âge mûr. Les spadassins hochent la tête en dénégation : ils renoncent, s'en vont s'engager plus loin. Les épaules de la fille s'abaissent, elle retourne parmi les siens. La lassitude sur leurs beaux visages les rend semblables.

Sans en avoir vraiment pris la décision, Moïra s'en vient s'asseoir parmi eux.

« Il faut partir, dit-elle. Dans deux ou trois jours, il n'y aura plus ici âme qui vive. Si vous comptez véritablement atteindre Edin, quittons ces lieux au plus tôt.

— Nous ne sommes que cinq, objecte la mère, qui la dévisage sans gêne.

— Nous n'en serons que plus rapides, réplique aussitôt la femme à sa gauche.

— Si vous êtes décidés, je vous accompagne, poursuit Moïra afin de ne pas laisser de place à une discussion.

— Tout de suite, propose Metteus, le père.
— Demain matin, tempère Daire.
— Commandons à manger. »

Les façons de parler, les intonations sont celles des habitants du Palais : Moïra sait qu'elle ne le devrait pas, mais elle se sent bien en compagnie de ces gens.

•

Ils progressent à un rythme soutenu dans le pays abandonné.

La femme qui avance en tête est Mav d'Orab. Elle a la peau foncée, porte un turban sable, une tunique couvrante et semble la plus habituée à la marche, malgré son âge et sa corpulence. Autour du cou, dans un étui de cuir, elle transporte un parchemin sur lequel est dessinée une carte fragmentaire que Moïra n'a fait qu'apercevoir : des paysages abstraits, ombrés de hachures, accompagnés de colonnes de signes incompréhensibles.

Daire et son père viennent derrière elle, puis Geilis quelques pas en retrait, la mère de famille, qui s'arrête parfois pour tendre l'oreille ou scruter un détail, plus attentive que les autres, ou plus distraite. Moïra ferme la marche.

Ce n'est déjà plus la même contrée que quelques semaines auparavant, quand elle vibrait encore des derniers va-et-vient. Il n'y a plus rien, désormais, ni personne en Siumo. Ni bruit ni signe. Les oiseaux sont partis, et même les feuilles semblent se retenir de bruisser. Ce calme superlatif, allié à la monotonie du paysage, donne l'impression d'évoluer sous l'eau ou au sein d'un rêve.

À l'heure de la pause déjeuner, Mav renâcle à s'arrêter, avale vite sa portion, presse tout le monde pour repartir. Quoique manifestement excitée, elle parle peu. À chaque carrefour, elle choisit un chemin sans la moindre hésitation.

Le petit groupe traverse plusieurs villages sans ralentir, un très grand pont sur un cours d'eau presque à sec, des vignobles lourds de raisin laissé sur pied. Moïra n'entend que le bruit de sa respiration et celui, régulier, de ses pas. À la plaine succèdent des petites collines que l'on grimpe presque sans ralentir. La masse sombre des montagnes semble s'être à peine rapprochée, mais on en distingue désormais des détails nouveaux.

Au terme du jour, Mav choisit de camper dans une grande bâtisse laissée ouverte à tous vents, sur un terrain bien entretenu : le bûcher est plein, il reste quantité de nourriture dans le cellier. Les voyageurs se coulent sans difficulté dans cet environnement, cette vie laissée en plan par d'autres peu auparavant, fuyant une menace mystérieuse, invisible. La fatigue de la marche les gagne après dîner. Moïra voit Daire se rapprocher d'elle, chercher à engager la conversation. Elles ont le même âge, à peu près, viennent du même endroit. Mais que peuvent-elles partager qui ne risque de compromettre la jeune héritière ?

Au moment de s'endormir, couchées sur le tapis épais, à proximité de la cheminée, Daire chuchote :

« Tu sais pourquoi on est là, pas vrai ? »

Et comme elle ne s'attend pas à ce que Moïra réponde, elle poursuit, la bouche presque collée à son oreille :

« On vient chercher mon frère Donnel, qui est parti rejoindre son amant sur le front d'Edin. »

•

Moïra se réveille en sursaut au milieu de la nuit. Le tas de braise, dans le foyer, rougeoie. Elle tend l'oreille mais ne saisit que les bruits ensommeillés de ses compagnons de route. Il faudrait se rendormir. Quelque chose pourtant la tient en alerte. Elle se lève.

Couchée de travers, Mav d'Orab gémit quand Moïra passe au-dessus d'elle. Sa main, serrée sur l'étui de la carte, s'est relâchée. Le petit sac a glissé sur le sol. Un instant, la tentation arrête la jeune fille : celle de se pencher, de le ramasser, de regarder à son aise le petit morceau de plan qui fait la richesse et le mystère de leur guide.

Puis elle aperçoit la porte de la maison entrouverte, le rayon de lune dans l'entrée. Elle saisit son manteau, enfile ses bottes. Hésite puis ramasse encore son arc, son carquois.

Moïra sort.

L'herbe est humide. Le ruisseau roucoule derrière la ferme. Le domaine, absolument tranquille, baigne dans une lumière blafarde qui dessine et dissimule. La jeune fille se sent éveillée, maintenant, elle attaque la montée au-delà du verger d'un pas rapide, avec le désir abstrait d'aller voir ce qu'il y a derrière. Elle s'essouffle un peu dans la pente raide. Dans son dos, un infime filet opaque sort encore de la cheminée de la maison.

Une fois au sommet, d'autres collines s'offrent à sa vue, une sorte de chapelle sur une éminence voisine. Moïra respire profondément. L'effort l'a échauffée, sa tête tourne un peu, vertige léger. On dirait que les montagnes au loin tanguent comme de grands bateaux sur la mer. Ou plutôt, non : on dirait qu'elles s'enfoncent, qu'elles sombrent à l'horizon.

Moïra cligne des yeux.

Loin de s'éclaircir, ses idées partent dans tous les sens : dans son estomac le nœud d'angoisse qu'elle sentait depuis le réveil se serre avec force.

Le ciel est en train de tomber.

Lentement, la chaîne rocheuse s'efface, comme absorbée par le sol. Il n'en subsiste déjà que la crête. Il n'en demeure plus rien. Moïra essaie de fixer son attention sur quelques étoiles suffisamment brillantes, sur les nuages, sur la lune elle-même. *Tout glisse*, pense-t-elle, sans pour autant que son corps lui confirme cette sensation. Le sol sous elle est parfaitement stable. C'est le reste, tout le reste autour d'elle, qui est en train de basculer.

Avec appréhension, Moïra fait volte-face et pense un instant être devenue aveugle. Le monde a disparu.

Les chemins par lesquels elle est venue hier s'arrêtent net, et les plaines, les villages au-delà ont été escamotés. Comme si un rideau noir s'était abattu, comme si un couteau avait tranché une limite et détaché un fragment du monde. Mais ce n'est pas encore le plus inquiétant : au-delà de la fracture, l'univers est aboli. Il n'y a ni trou ni ciel, juste une absence inconcevable, quelque chose qui n'existe pas.

Moïra voudrait crier mais tout est tellement calme, tellement silencieux qu'elle a peur de se briser elle-même en émettant un bruit.

Et le vide, à toute vitesse, éclaircit.

Au même rythme étourdissant que la lune s'était couchée derrière elle, le soleil se lève, droit devant elle, sa lumière aveuglante accompagnée de bouffées d'odeurs nouvelles, d'un vent humide chargé de sel, du bruit des vagues venant frapper la côte.

Moïra tombe à genoux.

Il est midi sous le soleil. Trois grands oiseaux marins passent au-dessus d'elle.

C'est terminé.

Le pays entier a fini de basculer sur lui-même.

o

Moïra ignore à quel moment elle se remet à marcher, hébétée par le brusque midi, la chaleur, la vivacité de l'air. Un pied devant l'autre, mécaniquement, elle ne s'arrête que parvenue au bord du pays : là où le sol s'achève en une courte falaise. Le chemin s'effrite sur quelques mètres, puis disparaît. Les prés, de part et d'autre, sont tranchés droit. Les dernières pierres du petit muret, faute d'étai, ont roulé hors du rang. Et juste derrière, après une chute raide et brève, commence la mer.

C'est la première fois que Moïra la voit, mais elle est exactement comme elle la rêvait devant les livres, aussi mobile, aussi immense et incompréhensible. Les eaux sont d'un vert profond et fragmentées en un chaos de vagues contradictoires, glacées d'écumes, qui viennent battre le bord des terres. Moïra observe les changements de couleur, les dessins sous la brise, les zones de calme, les bleuités profondes. L'odeur, par contre, la surprend et la grise : l'aigreur de l'iode, bien sûr, mais aussi la puissante pourriture génésique des océans, cette masse de vie prise, fermentée et macérée de toute éternité.

On aperçoit d'autres îles pas si loin, beiges et vertes derrière les brumes de mer. La jeune fille n'y est pas attentive. Assise au bord de l'univers, au milieu d'une route brisée, elle regarde le vide entre ses pieds, les vagues qui lèchent la terre mise à nu et la frappent, l'érodent, repartent en arrière en se dandinant avant de revenir à la charge à force redoublée.

À peine plus tard, elle s'allonge et, bercée par le bruit du ressac, assommée par la lumière et la tiédeur, se rendort.

○

La voix de Daire la réveille.

Ils se tiennent tous quatre à quelques pas, tournés vers le large. La jeune fille pointe du doigt quelque chose à l'horizon, que Mav d'Orab, hissée sur le muret, scrute à la longue-vue.

Moïra se redresse, s'étire. Le soleil est bien descendu. Elle a soif.

Les courtisans de Talsa ont l'air excités et ne lui prêtent aucune attention quand elle vient boire longuement à la gourde de Geilis. Ils ont pris leurs paquetages avec eux, mais négligé ses quelques affaires à elle.

« Les voilà ! répète la jeune noble. Faites-leur signe !

— Comment font-ils pour manœuvrer leurs barques ? s'interroge Metteus.

— C’est bon. Ils nous ont vus », constate Mav, descendant de son promontoire.

Moïra se tourne enfin vers leur unique point d’attention : trois embarcations de bois, longues et fines, qui tanguent sur les flots. Chacune d’elles est occupée par trois ou quatre personnes, mais seul le barreur, à l’arrière, semble se préoccuper de navigation. Les autres répondent à grands gestes aux appels, ou bien cherchent dans les falaises l’endroit où s’amarrer. La peau de leurs bras nus comme de leurs visages est blafarde. Il y a deux enfants parmi eux, ainsi qu’une vieillarde, et, pour la première fois, Moïra comprend que les Faces Pâles peuvent être plus qu’une poignée d’individus dans les recoins de Thecel, qu’ils forment un peuple tout entier.

L’accostage paraît étonnamment facile : les bateaux s’alignent et se rangent, assurés par une série de nœuds réalisés sans effort. Les marins grimpent à terre, acceptant de bonne grâce l’aide de Geilis et de Mav. Ils restent ensuite groupés, intimidés et curieux à la fois.

La vieille femme prend enfin la parole, elle s’exclame :

« Grande surprise ! Belle surprise ! À combien êtes-vous venus sur cette pierre ? »

Mav d’Orab avance d’un pas pour lui répondre :

« Nous pensons n’être que cinq. Le retournement était prévu et la pierre avait été évacuée.

— Cinq, c’est amplement suffisant. Merci. »

La femme se penche en une courbette, dos droit, menton à peine baissé.

« Comment appelez-vous l'île dont vous êtes originaires ? » demande ensuite Mav.

Elle paraît plus grande et imposante que jamais, avec le vent de mer qui gonfle sa tunique et son chignon. Les parents de Daire ne se sont jamais mis en avant, mais Moïra comprend avec retard que c'est leur guide, depuis le début, qui mène l'expédition.

« Nous sommes de Frosque, juste de l'autre côté de ce bras de mer. C'est l'île la plus proche et ça fait très longtemps que nous y attendons que se produise un retournement.

— Vous pouvez nous prendre avec vous ?

— Ce sera un privilège. »

À ces mots, Geilis de Talsa ramasse son sac qu'elle charge sur son dos.

Quand Moïra avance d'un pas pour se joindre à eux, Mav la désigne du doigt et annonce à la vieille :

« C'est elle qui reste pour votre confort. »

Tous les Faces Pâles se tournent vers la jeune fille aux cheveux courts et mal coupés, aux bottes usées, au manteau de route trop large. Les étrangers ont des yeux transparents et des visages étroits. Ils l'étudient avec la bienveillance curieuse de futurs propriétaires d'un animal domestique.

« Hors de question », réplique Moïra d'une voix forte.

Un court silence suit, durant lequel la guide, à son tour, toise la jeune fille.

« C'est elle qui s'occupera de vous, répète-t-elle. Nous la laissons à vos soins.

— Je refuse, réplique Moïra, un ton plus haut. Je poursuis mon chemin, avec ou sans vous. Et si ces gens ont besoin d'un otage, vous n'avez qu'à rester vous-même. »

La vieille éclate d'un rire sincère et surpris.

« Il ne s'agit pas d'otage, belle amie.

— Ne me parlez pas comme ça. Vous ne savez pas qui je suis, lâche Moïra, regrettant aussitôt.

— Tu pourras en discuter avec eux à ta guise, tranche Mav d'Orab. Vous aurez le temps de faire connaissance. Laisse-nous, maintenant. »

Son petit geste de la main, comme on balaie une poussière, finit de faire sortir la jeune fille de ses gonds :

« Je suis dame Moïra de Thecel, gronde-t-elle, je suis l'héritière du trône de l'Empire des Sicles, et c'est moi, ici, qui ai le pouvoir d'ordonner ! »

L'explosion de colère paraît encore plus brutale de n'être suivie d'aucun effet.

Metteus, Geilis et Daire ont l'air à peine embarrassés, les Faces Pâles étudient la situation en spectateurs distants. Seule Mav s'impatiente. Elle retrousse les manches de son habit, exhibant des bras massifs, tatoués de bas en haut de gribouillages bleus, indéchiffrables à cette distance.

« Et moi je suis Mav d'Orab, nonce de l'Œcumaîtrise dans les archipels d'Abacule. C'est moi qui mène cette expédition. »

Elle se touche la poitrine :

« Ici commencent, ici s'arrêtent les prérogatives de l'Empire des Sicles. »

Enfin, se tournant vers Moïra :

« Croyez-moi, princesse, vous ne serez pas malheureuse ici. Vous êtes même au seul endroit de l'univers où personne encore ne souhaite vous voir morte. »

○

Les hommes à peau blanche déchargent deux grands paniers de nourriture. Dans le même temps, ils aident la famille de courtisans et leur guide à monter dans les barques.

Le dernier Face Pâle à rester avec Moïra est un enfant de huit ou neuf ans, grosse tête, taches de rousseur. Il la dévore des yeux sans aucune timidité et finit par demander, quand il est sûr que personne ne peut l'entendre :

« Tu es vraiment une princesse ? Comme dans les histoires ? »

Il y a des trous dans son large sourire, son air est incrédule et ravi à la fois.

« Oui, admet Moïra, toujours furieuse. Comme dans les histoires. »

Puis, se rendant compte de sa brusquerie :

« Comment t'appelles-tu ? »

Le garçon rit.

« Tu es drôle ! Je pourrai revenir te voir ?

— On s'en va ! crie quelqu'un en contrebas.

— Si tu veux, répond Moïra. D'accord. »

Le petit s'éloigne de deux pas, à reculons pour ne pas la quitter des yeux, puis fait volte-face et, d'un bond, disparaît.

Moïra se charge des provisions. Elle reprend,

par la route brisée, le chemin de la ferme abandonnée. À aucun moment elle ne se retourne : elle ne veut pas voir les bateaux s'éloigner.

Les paniers contiennent deux sortes de pain, des fruits et des légumes, des œufs, une espèce de terrine de viande dans un gros bocal. Il y a aussi deux grosses bouteilles de bière pâle. Moïra mange de bon appétit, range le reste dans la cuisine. Puis elle monte à l'étage se choisir une chambre avec vue sur le chemin d'accès.

En fin de journée, profitant des dernières heures de jour, elle entreprend l'exploration de son territoire. Ce dont elle avait l'intuition se trouve rapidement vérifié. En avançant dans la direction opposée au front de mer, elle parvient à une colline suffisamment élevée pour lui permettre d'apercevoir trois des quatre bords. Ceux-ci sont tous nettement dessinés, et donnent sur la même étendue d'eau.

Pour autant qu'elle puisse en juger, elle est prisonnière d'une île parfaitement carrée, basculée depuis le territoire continu et réglé de Thecel jusque dans le chaos fragmentaire d'un océan sans limites.

○ ○

Le vent souffle fort, le lendemain matin. Les nuages glissent au-dessus de la maison et Moïra, qui a trouvé dans un coffre à l'étage des habits de toile, en profite pour nettoyer ses hardes de route. Elle est en train de les étendre au soleil lorsque les Faces Pâles arrivent par le chemin : un couple entre deux âges précédé d'un grand chien beige au poil ras.

Les nouveaux venus s'arrêtent, adressent à Moïra des signes de main, attendent qu'elle leur réponde avant de parcourir les derniers pas.

« Bonjour, fait la femme parvenue à portée de voix. Est-ce que tu as le temps de t'occuper de nous ? »

L'homme se contente de déposer à ses pieds le bidon de lait qu'il a apporté.

« Je ne sais pas, répond Moïra. Que voulez-vous de moi ?

— Que tu écoutes et que tu nous dises. »

La Face Pâle a le nez cassé et une tresse de cheveux gris et blancs. Le contour de sa bouche est strié de rides. Son mari en retrait, embarrassé par sa propre taille, est tellement maigre qu'il semble tanguer dans les bourrasques. Moïra les amène de l'autre côté de la maison, où le vent est moins fort, et les installe sur des rondins de bois. Quand elle-même s'assied sur le billot, le grand chien vient spontanément se coucher à ses pieds.

« Alors ? fait-elle.

— C'est ma belle-sœur, commence aussitôt la femme. La sœur de mon homme. Elle a toujours jalousé ma force physique et, avec l'âge, ses rancunes n'ont cessé de croître. Je ne l'en croyais pas capable, mais elle a fini par utiliser la magie contre moi. Elle a murmuré la chienne, l'a guidée et l'a poussée à me mordre. J'étais tellement surprise, j'étais furieuse. Je… »

La Face Pâle se tait, concentrée sur ses mains qu'elle triture, honteuse. C'est son homme qui continue :

« Ma femme a frappé la chienne. Après qu'elle l'a mordue. Elle a pris un bâton et l'a battue, très fort. L'animal n'a plus jamais réussi à marcher correctement. »

Moïra attend la suite de l'histoire. Comme rien ne vient, elle relance, après quelques longues secondes de silence contrit :

« Et ensuite ?

— Quoi, ensuite ?

— C'est tout ? »

Les deux vieux l'étudient maintenant avec une curiosité pleine de révérence.

« Ma femme a besoin de savoir qui est coupable

pour pouvoir se pardonner ou se punir. Est-ce elle, est-ce le chien ou est-ce ma sœur ? »

Moïra se lève et tend la main vers l'animal pour qu'il la suive. Il a l'air en pleine santé, va et vient sans boitiller. Moïra l'attrape et le gratte derrière l'oreille.

« Je ne comprends pas, dit-elle, elle est en pleine forme.

— Ce n'est pas elle. Lui, c'est un des fils de la chienne qui a été battue.

— Et elle, où est-elle ?

— Elle est morte, il y a dix ans. »

Moïra accuse le coup.

« Vous voulez dire que cette histoire s'est passée il y a dix ans ?

— Oh, bien plus que ça, opine la Face Pâle.

— Et vous voulez que je vous dise maintenant qui est responsable ?

— Nous avons besoin de savoir.

— Mais pourquoi avoir attendu aussi longtemps ? Et pourquoi moi ? »

Le chien vient poser sa grosse tête sur la cuisse de Moïra, qui lui frotte le haut de son crâne long, la crête médiane où les os se rencontrent.

« C'est comme ça que nous rendons justice dans l'Archipel, explique l'homme. Lorsqu'un retournement se produit, nous demandons aux Sombres de trancher nos litiges en souffrance. Nous sommes trop peu nombreux et nous connaissons trop bien pour laisser nos histoires personnelles entraver le cours de la justice.

— Et c'est pour ça que vous me retenez ici ?

— Rien que sur notre île, des centaines de désaccords sont encore à solder.

— Nous avons besoin de toi. »

Moïra plonge son regard dans les yeux noirs du chien. Elle dit :

« Je dois réfléchir à tout ça. Il faut que je comprenne avant de pouvoir répondre.

— Bien sûr.

— Est-ce que je peux garder le chien ?

— Nous reviendrons le chercher dans trois jours.

— C'est parfait. »

Ils demeurent un moment sans parler. La lumière ne cesse de changer dans les jeux de nuages, mais la caresse du soleil, sur la peau, reste agréable.

Plus tard, Moïra et le chien raccompagnent les Faces Pâles jusqu'à leur bateau, et, cette fois, la jeune fille suit avec attention leurs manœuvres. L'embarcation est dirigée sans voile ni pagaie, uniquement orientée par une barre minimale. L'homme commence par se pencher à la proue, très près des flots. Quelques instants plus tard, la barque pivote de son propre chef avant de s'éloigner.

Pour elle-même, Moïra répète l'étrange expression de la femme : *Elle a utilisé la magie contre moi. Elle a murmuré la chienne.*

○

Elle passe la fin de la journée seule, en compagnie du chien. Tous deux marchent longuement, arpentent leur territoire, déjeunent à l'abri du mur de la bergerie abandonnée de longue date. Le soir, après dîner, elle prépare un feu dans la cheminée et prévient l'animal qui s'est allongé sur le tapis de la salle commune :

« Quoi qu'il arrive, n'aie pas peur. Je ne serai pas absente longtemps, et aucune des Puissances ne peut te vouloir de mal. »

Elle allume ensuite les branches sèches à la base du foyer et, tandis que les flammes montent dans la pyramide de bois, s'agenouille, écarte les bras, et fait descendre en elle la Justice.

○

Les jours suivants, d'autres habitants de Frosque viennent lui rendre visite. Chacun apporte un peu de nourriture et une histoire inachevée. La plupart de leurs récits sont sommaires, mais certains se développent en détails si minutieux que Moïra est parfois obligée d'arrêter les conteurs. Les problèmes à trancher sont tantôt triviaux, sordides. Certains remontent à des générations, d'autres sont bien plus récents et leurs plaies, encore vives.

La jeune fille se garde de donner une opinion sur le moment, requiert des plaignants qu'ils reviennent quelque temps après. Elle passe une partie de ses nuits entre les mains des Puissances, leur laissant trancher les problèmes qu'on lui a confiés. Aussi bien qu'elle le peut, et malgré les défaillances de sa mémoire, l'imprécision du langage humain, elle communique leurs verdicts aux Faces Pâles.

Ceux-ci sont toujours pris avec stoïcisme et résignation. Ils ne sont pas discutés. Le pouvoir de Moïra n'est jamais questionné.

o

L'accumulation de témoignages, de faits divers et de portraits intimes finit par donner à la jeune fille une idée du fonctionnement de la société de l'Archipel. Cela ne l'empêche pas d'être surprise à chaque nouveau récit par quelque particularité bizarre qu'elle n'aurait pas imaginée, ou par les implications de telle règle de vie en apparence arbitraire et exotique.

L'autre source d'information de Moïra est le petit garçon, qui revient dès le deuxième jour. Lui seul n'a pas d'histoire à soumettre, pas de maux à confier. Il veut au contraire que la jeune fille lui raconte son monde à elle, et quand elle commence à lui décrire le Palais, le Couvent, les forêts et les montagnes de Thecel, il reste à côté d'elle, bouche bée, comme s'il voulait se nourrir de ses paroles.

Un jour, Moïra lui parle de son enfance, de ce qu'elle vivait à son âge. Elle lui décrit Gries, l'homme à tout faire des Mères, les légendes fascinantes qu'il colportait, et le garçon lui dit :

« Oui, la ville abandonnée. Bien sûr que je connais.

— Tu connais l'histoire ?

— Je connais l'endroit. Ce n'est pas loin d'ici, sur l'île jadis appelée Miryi. »

Il pointe l'horizon comme au hasard, vers un endroit où il n'y a rien à voir que la mer et le ciel.

« Elle est arrivée par retournement il y a mille ans et n'a plus jamais bougé. Certains pensent que les Sombres qui l'habitaient se cachent parmi nous. Moi je crois plutôt que la ville avait été évacuée, comme toujours, et qu'il n'y avait plus personne quand elle a basculé. »

○

Une autre fois, l'enfant apporte un étui de bois, qu'il ouvre, l'air joyeux. La boîte contient, en vrac, une centaine de petites pièces rondes, blanches d'un côté, noires de l'autre. L'intérieur est gravé d'un fin quadrillage régulier. Moïra reconnaît le plateau de la chapelle secrète du Palais et a un mouvement de recul.

Mais le gamin pose le plateau entre eux et, après avoir partagé grossièrement les pions, déclare :

« Tu commences.

— Qu'est-ce que tu fais ? »

L'enfant s'arrête, ravi. Il ne se lasse pas, jour après jour, des bizarreries de Moïra.

« Tu ne sais pas jouer ?

— Je ne crois pas que ce soit un jeu.

— Bien sûr que si. C'est même plutôt amusant, je vais te montrer. »

Et il lui explique alors les grands principes : les règles de pose, les règles de retournement. L'objectif est d'avoir, au moment où le dernier coup est joué, le plus de pierres de sa couleur.

Pendant tout le temps où le garçon explique et manipule le jeu, Moïra ne peut s'empêcher de sentir l'inquiétude croître en elle.

Seuls les Sages de l'Œcumaîtrise ont le droit de toucher au plateau. C'est bien plus qu'un jeu. Bien plus qu'un divertissement enfantin.

« Alors ? finit par demander l'enfant. Tu prends les sombres ? »

Moïra se lève sans répondre, s'éloigne. Elle marche jusqu'à l'eau, ventre noué. Elle n'arrive pas à se concentrer sur les flots. Des schémas noirs et blancs flottent devant ses yeux.

C'est ici, disait Kai dans les murs du Palais, *ici que se joue le destin de l'univers.*

○ ○ ○

La pluie tombe sans arrêt pendant tout un jour et toute une nuit.

La Face Pâle arrive tard dans la matinée, trempée par la traversée du bras de mer. Moïra l'installe dans la salle de séjour, l'invite à accrocher son manteau près du feu. Elle prépare ensuite une décoction avec les herbes apportées par d'autres visiteurs la veille.

La plaignante est venue pour une histoire de famille, enkystée sur l'île depuis des générations. Moïra en est déjà familière : elle a à plusieurs reprises dénoué certaines rancœurs liées à cette rivalité à rebondissements. Chaque jugement lui a permis de régler un symptôme douloureux, mais jamais elle n'a pu encore distinguer la racine du mal pour pouvoir l'arracher.

À la fin de l'entretien, la femme venue témoigner lui dit :

« Je vais rester encore un peu, avec ta permission. La mer est trop forte pour retourner sur Frêle. »

Moïra relève presque sans y penser :

« Sur Frosque, tu veux dire.

— Comme tu veux. »

Le ton est brusque. Moïra est intriguée :

« Comment s'appelle cette île dont tu viens ? »

La Face Pâle prend son bol, boit longuement. Ne répond rien.

« Depuis plusieurs semaines, insiste Moïra, je règle les différends des habitants de l'île de Frosque. Est-ce bien la tienne ? »

La visiteuse a l'air gênée, mais comme l'autre ne la quitte pas des yeux, elle finit par dire :

« C'est possible. Il ne faut pas te fâcher. Nous faisons ce que nous pouvons pour t'être agréables.

— Je ne suis pas fâchée. J'essaie de comprendre.

— Chez nous, explique la femme, de plus en plus contrariée, ni les gens ni les lieux ne gardent longtemps le même nom.

— Mais pourquoi ?

— Parce que c'est violent, explose alors la Face Pâle. Parce que c'est laid. Les noms sont pour les objets, les choses que l'on fabrique et que l'on possède. Les mots sont des prisons. Nous ne voulons pas de limites pour nous-mêmes ni pour ce que nous aimons. »

Elle repart un peu plus tard, malgré l'averse et sans avoir ajouté plus de quelques mots. Elle paraît humiliée par l'explication que Moïra lui a arrachée.

○

En règle générale, les habitants de l'Archipel n'aiment pas théoriser. C'est uniquement par les affaires qu'ils demandent à la jeune fille de juger que celle-ci parvient à saisir quelques structures de leur société.

Au départ, Moïra imagine l'Archipel comme un envers véritable à Thecel. Pas de pays, mais des îles. Pas de cités, mais des villages. Pas de routes, mais des mers. Et puis, surtout : ni Empire, ni Œcumaîtrise, ni Couvents. Un monde harmonieux sans hiérarchie, sans autorité, sans armée.

Petit à petit, pourtant, elle commence à discerner des fragilités. Personne dans l'Archipel ne semble écrire : il n'y a pas de traité, pas d'études ni d'archives. Les seules histoires qui sont transmises le sont par voie orale et les informations, au fil du temps, s'oublient et se déforment. Des choses bénignes sont sources de grandes inquiétudes. Les solutions trouvées sont sans cesse à réinventer.

Quand ils viennent solliciter l'opinion de Moïra, les insulaires montrent sans fard une extrême fragilité et une complète dépendance. Ils s'en remettent entièrement à son autorité, sans jamais la questionner. Les manifestations naturelles les affectent vivement et les plongent dans un profond désarroi.

Cependant, le plus étrange dans ce monde-ci reste pour Moïra le murmure. Cette capacité propre aux insulaires est difficile à observer et son fonctionnement, presque incompréhensible. Les Faces Pâles parlent aux choses vivantes et celles-ci, parfois, leur obéissent. Moïra l'a vu faire avec des plantes de toutes tailles, des animaux visibles ou invisibles, et une fois même avec des nuages. C'est aussi de cette façon que les barques sont menées : en les murmurant à la surface de la mer.

Les gens de l'Archipel murmurent naturellement, sans en faire grand cas. Ils se jouent de leur environnement avec aisance et spontanéité.

Un soir qu'elle est seule avec le garçon, elle lui propose :

« Est-ce que tu veux que je te montre la magie de chez moi ? »

Il rit, presque comme chaque fois qu'elle parle de son monde.

« Comment veux-tu que ça puisse marcher, ici ?

— Je l'utilise chaque nuit. Pour régler vos problèmes. J'invite en moi la Justice ou bien la Vérité.

— Fais voir. »

Moïra allume le feu, s'installe en position. Le garçon a entrepris de tailler un bout de bois et n'a pas l'air très intéressé. La Justice descend, investit le corps de la princesse, la fait se mouvoir, parle par sa bouche, s'en va.

Quand Moïra revient à elle, l'enfant n'a pas bougé, mais son bout de bois est maintenant parfaitement pointu.

« Alors ? demande-t-elle.

— Alors rien. J'aime mieux quand c'est toi dans ton corps. »

Ce soir-là, pour la première fois, l'enfant reste passer la nuit avec elle, dans la maison. Moïra s'est à peine mise au lit qu'elle l'entend sortir de sa chambre, traverser le couloir, venir jusqu'à elle.

« Qu'est-ce qu'il y a ?
— C'est le vent, dehors. Il me fait peur.
— La maison est solide, ne t'en fais pas. Je ne le laisserai pas entrer. »

Le gosse reste immobile dans le noir, ose enfin :

« Je peux dormir avec toi ? »

Moïra le laisse se glisser dans le lit.

Il est frêle, ses pieds sont gelés. Au bout de quelques instants, il ronfle paisiblement. Moïra écoute un long moment les volets cogner l'un contre l'autre. Elle songe au dortoir du Couvent, à son lit dans la chambre du Palais. Elle aimerait que le petit ait un nom, pour pouvoir le chuchoter dans le noir.

○

Le vingtième jour, pour la première fois depuis que Moïra est arrivée dans l'Archipel, personne ne vient lui rendre visite. Après l'intempérie, le ciel est lavé et clair, le temps doux. Vers midi, comme le chemin s'obstine à rester vide et la mer déserte de toute embarcation, elle prend son arc et ses flèches et part en exploration. Il lui faut un grand bout d'après-midi pour parvenir à l'endroit où l'île s'arrête de l'autre côté de la maison. La mer y est pareillement impressionnante et vaste, d'un gris d'armure dans la lumière déclinante.

Moïra longe les limites de son domaine. Il y avait là plusieurs faibles collines, que le basculement a tranchées proprement : le bord de mer ne cesse de monter et de descendre. La jeune fille garde prudemment ses distances. Des mottes de terre, de gros cailloux parfois, roulent sous ses pas et basculent dans les flots avec des bruits creux. Presque en haut d'une des pentes, un demi-arbre fleurit encore, le tronc élagué à mi-hauteur, laissant voir, comme après un coup de hache, la chair jaunâtre du bois. Moïra l'élit pour son étrange beauté et en fait la cible de ses entraînements jusqu'au soir.

La même flèche, dans le même nœud de bois, une fois, dix fois, cinquante fois. Moïra s'approche puis s'éloigne, elle change de direction. Sur et contre le vent, dos puis face au jour. Elle décoche vite ou vise longuement. Fait des allers-retours pensifs entre son poste et la cible.

Je ne peux pas rester ici, se répète-t-elle.

La lumière vire à l'orange, mais les nuits sont claires et Moïra a repéré le chemin du retour. Elle se sent les muscles chauds, l'esprit net, et continue de cribler l'arbre malgré la nuit qui vient. Quelques secondes avant que le soleil ne disparaisse dans la mer, avec la même intuition que celle déployée en tir réflexe, elle sent quelque chose approcher derrière elle.

Moïra se tourne, arc bandé, l'empan de bois aligné entre son majeur gauche et son coude droit. Elle ne tire pas.

Ce qui surgit est gigantesque, grand presque comme le ciel lui-même, et bouge avec des froissements aux limites de l'audible. La créature vole près du sol, pattes repliées contre le ventre, ses ailes immenses occultent le monde. Elle passe sans ralentir ni dévier sa course au-dessus de Moïra, qui voit un instant luire le noir profond de ses écailles ventrales. Ensuite vient la queue, interminable, palpitant comme une écharpe dénouée en plein vent. Le dragon glisse sans rien remuer sous lui. Il a déjà dépassé le bord de l'île. Il vole vers la mer ouverte.

Moïra n'a jamais rien vu d'aussi vaste, ni d'aussi terriblement vivant. Elle n'imaginait pas que ces bêtes pouvaient grandir autant. Une excitation inquiète la porte tout le long du chemin, jusqu'à la ferme qui lui tient lieu de foyer. Elle est heureuse d'en retrouver le calme et le mélange d'odeurs, étranges et familières.

○

Le petit garçon revient le lendemain avec de nouvelles provisions. Moïra l'attend au bord du chemin, sac de route à ses pieds.

« Merci pour tout, dit-elle, tu peux laisser les affaires dans la barque.

— Ah bon ? Pourquoi ?

— Je pars avec toi. J'aimerais que tu m'emmènes sur ton île. Tu crois que c'est possible ? »

L'enfant sourit de toutes ses dents écartées.

« C'est pas trop tôt ! clame-t-il ensuite en lui faisant signe de descendre. On se demandait quand tu te déciderais à enfin sortir de ton trou ! »

○ ○ ○ ○

La traversée est brève, grisante : c'est la première fois que la jeune fille navigue sur la mer, et le ballottement des vagues lui donne le tournis. L'enfant, couché à l'avant, murmure en direction des flots, et contre toute raison ses mots semblent orienter la houle. Une fois quitté le maigre abri de la falaise, le vent forcit encore, humide, presque épais. Moïra se sent vivante. Quand elle descend sur la cale taillée dans la roche, elle a l'impression que c'est le sol qui tangue sous elle. La barque, tirée à sec, racle avec un bruit creux. Le gamin, ravi, la précède en courant dans le chemin raide qui monte jusque chez lui.

L'île est petite mais parfaitement organisée et semble, aux yeux de Moïra, ancrée dans un temps très ancien. De beaux arbres, vénérables pour la plupart mais plantés de main d'homme, isolent les bâtiments d'habitats communautaires : des constructions sombres aux formes douces, à demi enterrées, agrandies d'ajouts de différentes époques. De loin cela ressemble à des cocons, à des mues de gigantesques insectes. De toit en toit, et jusqu'aux tours hautes et fines des moulins à vent, flottent des cerfs-volants et des drapeaux.

Moïra connaît déjà un bon nombre des Faces Pâles qu'elle croise. Ils la saluent d'un geste, sans manifester de surprise ni cesser d'œuvrer. Les potagers sont magnifiques, qui prolifèrent partout sans qu'on puisse en cerner les limites. Tout paraît simple dans leur disposition, mais il suffit de s'arrêter un instant et de les regarder pour être saisi par leur beauté et la rigueur de leur agencement. Il y a des fleurs, aussi, des arbres fruitiers plantés comme au hasard, des mares à la sauvagerie calculée, des souches pourrissantes couvertes de mousse épaisse, de lierre pâle. Au milieu de tout ça, cachés dans les courbes des cultures en degrés, il y a des jardins de sable et de graviers hachurés de griffures chaotiques.

« Qu'est-ce que c'est ? » demande Moïra à l'enfant qui l'escorte en silence.

Depuis qu'elle est arrivée, un large sourire éclaire le visage du petit.

« Je te montre. »

Enjambant un carré d'herbes aromatiques, il attrape une canne plantée juste au bord du sable puis, sans mettre le pied dans le grand ovale, entreprend de dessiner quelque chose dans le sable. Une série de courbes et des traits perpendiculaires, inscrits dans un cercle.

Il s'arrête et se tourne Moïra.

« C'est quoi ?

— Des écritures.

— Et ça veut dire quoi ? »

Il rit.

« Je ne sais pas. Tu ne trouves pas ça beau ? »

Moïra n'arrive déjà plus à distinguer le dessin fait par l'enfant des traces griffonnées avant lui. Ce qu'elle regarde est trop intriqué, trop compliqué pour qu'elle puisse répondre avec honnêteté.

« Tu veux essayer ? demande son petit compagnon en lui tendant la perche.

— Pas maintenant. Pas encore, merci. »

○

Les insulaires ne sont pas étonnés de découvrir Moïra parmi eux. Les portes des maisons restent ouvertes, chacun va et vient à sa guise. Toujours guidée par le garçon, elle entre ainsi dans plusieurs demeures, croyant chaque fois qu'il l'amène dans sa famille. On l'accueille partout avec bienveillance, sans effusion, la remercie parfois pour l'aide qu'elle a apportée à la communauté.

À aucun moment, se dit-elle, *je n'étais prisonnière. Ils voulaient simplement me laisser en paix.*

Elle admire les quelques installations ingénieuses partagées par tous les habitants, le moulin à grain, le grand four, les collecteurs de pluie et d'eaux usées. Elle va jusqu'au port principal, où des dizaines de barques de pêche et de canoës de mer sont amarrés.

Enfin, elle demande à l'enfant :

« Qui parmi vous a voyagé le plus loin ? Qui

connaît le mieux les autres îles et pourrait me renseigner ?

— Attends ce soir, répond le petit. Attends la veillée. »

○

La nuit vient. Les insulaires sortent de chez eux après dîner. Ils portent des lanternes et cheminent à petits pas. Ils échangent quelques mots avec ceux qu'ils croisent, flânent. Leur vagabondage finit par les mener à l'une des plus grandes constructions. Ils entrent alors et s'installent à leur aise dans la pièce commune.

Il y a là des bancs continus, sinueux, qui suivent les contours de la pièce, sur plusieurs étages en gradin. Au centre, une grande table en forme de huit sur laquelle repose un baquet très large et peu haut, empli d'eau claire. La surface est plane, à peine ridée par le déplacement de l'air.

Quand tout le monde a pris place, une Face Pâle se lève et invite Moïra à l'imiter.

« Pour ceux qui sont ici et ceux qui sont partis, pour les morts qui demeurent en nous, pour les vivants qui nous prolongeront, je te remercie de tes lumières et de tes jugements. »

L'insulaire retrousse les manches de sa tunique et plonge ses deux mains dans la bassine. Quand elle appuie les paumes contre le fond du récipient, le niveau monte à peine au-dessus de ses poignets.

« Dis-nous, maintenant, ce que tu désires.

— Je cherche mon frère. »

Les mains bougent et créent des vagues.

« Mon frère a disparu dans la campagne menée en Edin par l'armée de l'Empire des Sicles. Personne n'a su me dire s'il était en vie. Personne ne m'a montré son corps. Si le pays dans lequel il combattait a basculé de la même façon qu'a basculé Siumo, alors il est vivant et peut-être tout près d'ici. »

L'insulaire fait bouger le contenu du baquet, joue avec les fréquences des ondes provoquées, ça enfle, grimpe les parois jusqu'à frôler les bords, remonte au milieu en une pointe fugace.

« J'ai besoin d'une barque et j'ai besoin de conseils. Où faut-il que j'aille ? »

Les deux mains ressortent. Elles dégouttent à bruits doux tandis que la masse continue de tanguer, de cogner dans la bassine.

« La fille sombre qui a basculé avec toi a déjà raconté cette histoire, finit par dire un petit bonhomme gras dans le public. Propose-nous autre chose. »

Moïra voit les autres, sur les gradins, approuver en silence. Elle croise le regard du garçon assis parmi les insulaires. L'eau s'apaise.

Sans plus réfléchir, la jeune fille déclare :

« Je veux voir les dragons. Je veux traverser l'univers. Je veux vivre. Je veux rentrer chez moi.

— Approche ton doigt », chuchote l'insulaire à son oreille.

Elle se tourne vers le baquet, pointe l'index jusqu'à presque toucher l'eau et sent le froid, imagine le contact. De minuscules vagues se forment, juste là, à l'endroit où sa pulpe devrait se mouiller. Des signes se dessinent, incompréhensibles, des caractères, des mots.

La Face Pâle lit :

« Tu vas te perdre dans le futur. Tu t'évaderas d'une prison où aucune porte, aucune fenêtre n'est fermée. »

Les dessins s'effacent aussi vite qu'ils se créent. Ce n'est que dans le bref mouvement de la main qu'ils existent, dans la résilience du liquide.

« Tu vas te retrouver dans le passé. Tu triompheras d'un monstre sans visage et cette victoire ne te rendra pas heureuse, mais elle te rendra libre. »

Moïra enlève sa main. Elle a la gorge nouée et a bien trop conscience des regards posés sur elle. Les vaguelettes continuent, quelques instants, de dessiner un sens.

« Tu es ici dans le présent. Tu as un ami. Ton chemin est prodigieux. »

La jeune fille déglutit avec peine. Des larmes qu'elle n'a pas senties monter brouillent sa vision.

« Regarde », chuchote encore l'insulaire en saisissant sa main.

Sur la peau de l'avant-bras de Moïra, un symbole bleuté, tout petit, est apparu : on dirait un nœud ou une étoile filante.

○

Moïra et le garçon reprennent la mer le lendemain. Les villageois ont chargé le grand canoë de mer de toutes sortes de matériel et de provisions.

« J'étais sûr qu'on finirait par repartir ensemble, dit le gosse, goguenard. Tu ne sais même pas murmurer les premiers mots.

— Tu n'as pas peur ?

— Et toi ? »

La journée s'annonce belle. Derrière eux, l'île, qui s'est un temps appelée Frosque, s'éloigne.

« Je voudrais te demander quelque chose, continue l'enfant, plus sérieux.

— Tout ce que tu veux.

— J'aimerais que tu me donnes un nom. »

Face à la réaction étonnée de Moïra, il ajoute très vite :

« Pas pour tout le temps. Juste pour toi, pour ce voyage.

— Avec plaisir. »

La jeune fille réfléchit un instant, puis elle dit :

« Je t'appelle Albin. Nous seuls savons que je t'ai donné ce nom. »

○ ○ ○ ○ ○

L'île qu'est devenu Edin surplombe l'océan, haute et bleue dans le lointain, de plus en plus terne à mesure que progresse le canoë mené par Albin. Les vagues frappent le socle et l'usent : l'assise paraît moins large que le plateau supérieur, sur lequel se dressent des concrétions minérales aux tranches irisées, révélées par le retournement. Des grappes d'oiseaux planent, gris contre le monde gris.

Les voyageurs approchent. La montagne immergée emplit l'horizon, les plonge dans son ombre massive. La jeune fille frissonne. Le garçon se penche plus bas pour murmurer vers la mer ses instructions de navigation. On ne distingue aucun endroit où accoster. Au pied de la falaise, le brisant des vagues crée des courants sournois, des tourbillons. Moïra, à la barre, aide Albin comme elle le peut, envoie leur embarcation d'un côté puis de l'autre, les éloigne, les rapproche. L'océan claque, explose en bouquets d'écume qui passent le platbord. Ils sont trempés, repartent pourtant à l'assaut. *Il doit bien y avoir un accès.* Ils doublent un cap qui leur bouche la vue. Le vent, de l'autre côté, est soudain plus fort, le canoë bondit comme un bouchon.

« On y est ! crie l'enfant. Il y a une corde ! »

Moïra n'a rien vu, elle tient la barre d'une main, agrippe le banc de l'autre, lutte pour ne pas s'envoler, ne pas être précipitée à l'eau. Le gosse valdingue plus violemment encore mais continue d'afficher une confiance entière en son destin, en la solidité de la barque et sa capacité à la mener à bon port. La coquille de noix retombe, accueillie au moment du choc par une vague latérale qui manque de les verser à bâbord. Moïra se rétablit, tremblante. Les voilà coincés entre un mur presque vertical et le martèlement continu de l'océan. Mais elle aperçoit la corde, un instant, qui court du haut au bas de la falaise et, juste en dessous, le replat surélevé sur lequel ont été arrimées trois longues barques. Cela s'efface à nouveau entre deux murs liquides.

Albin manœuvre. Ils avancent prudemment puis reculent le plus vite possible pour éviter de se fracasser contre la falaise. Une fois, deux fois, trois fois. Le bruit est assourdissant, la tension musculaire constante. Moïra a froid, elle est terrifiée. *On n'y arrivera jamais*. Elle hésite à crier à l'enfant de faire demi-tour, d'aller voir plus loin, de renoncer. Mais lorsqu'ils approchent pour la quatrième fois du mouillage, le seul endroit où ils peuvent espérer sauter du canoë sans se tuer, elle sent la mort fondre sur eux. Elle lève la tête. Des cailloux pleuvent de la falaise. Une poignée d'abord, puis des pierres grosses comme le poing, qui tombent à quelques mètres sans faire le moindre bruit, le moindre désordre dans le fracas des vagues. Puis elles sont de plus en plus volumineuses et lourdes, une avalanche, un affaissement de terrain. Moïra hurle :

« Sous l'eau ! »

Albin met un temps infini à comprendre, à regarder dans la direction qu'elle pointe, à voir le pan de montagne glisser sur eux.

« Je ne sais pas nager », avoue-t-il au moment où une pierre explose le flanc tribord.

Le canoë se déchire dans la longueur : une feuille entre deux mains géantes.

Moïra bondit sur Albin, le bascule dans l'eau et l'attire avec elle vers les profondeurs.

○

Il fait noir, glacé. L'avalanche crible la surface dans des gerbes de bulles. D'énormes pains de roche, freinés par leur entrée dans la mer, filent vers les abysses. Moïra sent les chocs atténués des cailloux moyens, une pluie sous-marine et continue, qui la maintient plusieurs mètres sous la surface. Elle lutte contre l'enfant qui se débat entre ses bras, qui cherche à se libérer, à remonter, à émerger dans ce monde où il suffit d'ouvrir la bouche pour respirer. Cela ne dure que quelques dizaines de secondes. Cela semble interminable. L'univers entier est devenu hostile : le ciel crache des projectiles mortels, la surface est un carrousel de vagues folles et, au-dessous, il n'y a que les ténèbres. Albin cesse très vite de bouger, et Moïra lutte pour ne pas remonter encore, elle sent, elle voit l'avalanche faiblir. Le peu d'air, dans ses poumons, fait un bloc dur et douloureux. Le gamin n'est qu'un poids mort et le froid la pénètre jusqu'aux os. Résister au spasme. Ne pas ouvrir la bouche. Elle pousse vers le haut. Ses bras qui enserrent Albin ne servent à rien. Moïra est lourde, lente, inutile. Le vertige gagne, elle ne voit plus rien, sent un choc aigu contre son épaule. *Ne pas lâcher*.

L'air sur son visage, puis l'eau à nouveau, l'air encore. L'inspiration suivante est un déchirement insupportable, elle hisse le gosse pour qu'il émerge à son tour, se retrouve dessous encore une fois, Albin n'arrive pas à soutenir sa propre tête et elle ne peut pas progresser comme ça. Les deux, enlacés, sont prisonniers d'un reflux incontrôlable. Il n'y a aucune solution : si elle le lâche il est perdu, si elle le garde contre elle, elle finira noyée ou bien écrasée contre la paroi. Une chose reste claire pourtant dans l'esprit de Moïra : elle doit garder la peur au loin. Ce ne sont pas les éléments qu'il faut d'abord vaincre, mais la panique. Sa raison hurle que tout est perdu mais elle continue cependant. Garder la tête hors de l'eau. Lutter. Rester en vie.

Au bout d'un moment, Moïra sent le corps d'Albin se raidir contre elle. Sa respiration siffle, il tousse. Expulse beaucoup d'eau par le nez et la bouche, rauque sans ouvrir les yeux. Ça n'a aucun sens, mais tant qu'il le peut, il émet des bruits bizarres qui sonnent aux oreilles de la nageuse comme une promesse. Il devient, semble-t-il, moins difficile de ne pas sombrer. Imperceptiblement, tous deux glissent maintenant vers la grande marche de pierre d'où pend, elle le voit, une sorte de filet de pêche. *On va y arriver*, songe soudain Moïra, et ça lui semble si étrange, si inattendu, qu'elle répète à voix haute :

« On va y arriver. »

○

Ils restent longtemps sans bouger, couchés sur la pierre trempée, à peine abrités du vent par les bateaux à sec. Ils ne parlent pas. Le bruit est assourdissant et ils sont épuisés, transis. Leur sang, brûlant encore de panique, peine à retrouver une circulation normale. Moïra ne sait pas comment ils ont réussi à grimper jusqu'ici, comment ils ont trouvé la force de se hisser sur le rocher. Elle est tellement fatiguée qu'elle craint de s'assoupir et de ne jamais se réveiller.

Un peu de temps passe. Ils ne sont pas morts.

Plus tard, elle croit entendre des voix humaines dans le fracas du vent et de la mer. Plus tard encore, deux Faces Pâles se tiennent devant eux, ils sont harnachés pour la varappe, équipés de grands manteaux et de bottes épaisses.

« Vous pouvez vous lever ? demande-t-on à Albin et Moïra.

— Il ne faut pas rester là », continuent les voix.

La jeune fille ne sait pas si elle répond, elle n'entend plus sa propre voix. On lui passe un baudrier, l'attache à une corde. Elle essaie d'abord d'aider, de pousser, de se haler. Très vite, pourtant, elle se laisse faire, comme un sac, comme un objet. Elle rêve éveillée qu'elle est de retour au Couvent, installée dans le grand panier.

Dans la maison, elle retrouve enfin le silence. Plus de bourrasque, plus de ressac. On lui enlève ses habits gorgés d'eau, la frictionne avec un linge imbibé d'alcool, l'entortille dans une couverture rêche. La chaleur renaît, très lentement, du fond glacé de son ventre.

Un feu brûle quelque part.

Cette fois, Moïra s'abandonne. Elle dort.

○

Du haut de la falaise, les Faces Pâles ont vu leur canoë arriver.

« On était sur le point de descendre vous guider quand l'avalanche a commencé. Vous avez joué de malchance. »

Ou alors, songe Moïra, *nous avons eu bien plus de chance que de raison*.

Il y a cinq Décompteurs sur l'île d'Edin, mais trois d'entre eux sont partis en exploration des autres sites et ne sont pas attendus avant plusieurs jours. Ceux qui accueillent Albin et Moïra forment un duo poivre et sel aux yeux pétillants, pareillement trapus. La femme a les bras forts, les mains et le cou couverts de taches de dépigmentation. Elle est curieuse :

« Vous êtes qui, tous les deux ? La Sombre et le Clair, qui se sauvent mutuellement la vie. Pourquoi venir ici ? Et pourquoi par la mer ? »

Alors, pendant une journée, une nuit et la journée qui suit, quand elle n'est pas occupée à dormir ou à manger, Moïra raconte. Elle dit le Palais de Thecel et le front d'Edin, l'engagement de son frère, la fugue de son amant, le courtisan Donnel de Talsa. Elle dit le mariage arrangé avec l'Œcumaître Nal, la fuite, le voyage et les renards que fait apparaître et disparaître dans son manteau le grand Dagan à voix de fausset. Elle dit l'île où elle a vécu seule avec les doléances de ceux de Frosque, sa rencontre avec le chien beige, le dragon noir, le garçon aux cheveux jaunes.

Moïra boit sa soupe, pose le bol sur le tabouret de chevet, cache la tête sous la couverture et se rendort dans ses propres souffles.

« Ton frère a vécu dans cette maison, lui révèle la Face Pâle quand elle se réveille une fois encore. Il est parti, maintenant, mais a laissé quelque chose pour toi. »

Et elle tend à Moïra un carré de parchemin chiffonné en boule.

À l'intérieur, trois mots ont été écrits d'une main tremblante, « Je suis heureux », et un petit objet circulaire est rangé. C'est une pierre, de la taille d'une phalange, de celles que l'on place sur les plateaux et qu'on retourne pour avancer dans la partie.

Celle-ci, cependant, sur une face comme sur l'autre, est uniformément blanche.

○
○

Avant de basculer, Edin était une place forte de Thecel, un bastion. Les murailles de gros moellons, les tours de guet sur les hauteurs, les bâtiments épousant les reliefs, communiquent les uns avec les autres par des chemins encaissés et raides. Pour Moïra et Albin, hissés sur un des sommets de l'île, le mélange de rocaille et de donjons en contrebas ressemble à une armure vide.

La jeune fille reconnaît les formes de l'architecture impériale antique, les emblèmes et les blasons, les casernes. Pourtant rien ne correspond. Un grand silence règne partout. Pas un homme, pas un animal, mais des objets en vrac, des malles emplies et abandonnées. Les salles communes sont en l'état, comme si les veilleurs n'étaient sortis qu'un instant et pouvaient revenir d'un moment à l'autre pour s'attabler devant les plats froids et moisis, choquer les bocks éventés. Et puis l'air, la lumière sont différents. L'océan a mis le siège.

Il semble à Moïra que, de ce côté-ci du monde,

les constructions impériales vieillissent plus vite, que les lichens sont plus invasifs, les moisissures plus efficaces. Albin s'amuse à pousser les portes, à ramasser des ustensiles, revêtir des habits. Les Décompteurs les encouragent à poursuivre leurs explorations.

« Je ne crois pas que qui que ce soit vienne jamais habiter ici, a expliqué la femme. Même si la région se stabilise et qu'il s'avère que l'île est là pour rester. L'accès est compliqué et il faudrait beaucoup de bras pour rendre ces lieux vivables, beaucoup d'enthousiasme. Cela fait longtemps que nous n'avons plus ce genre de courage. Il y a un ou deux siècles, l'Archipel entier se serait réjoui d'une telle apparition : nous serions venus des quatre horizons fêter la nouveauté, nous aurions fait des chansons et amené des graines, des outils. En quelques semaines, nous aurions transformé cet endroit. Mais les temps ont changé. Tout est plus fragile et nous sommes très fatigués. »

Des mois ont passé depuis l'apparition de cette île. Les voisins de Frosque ont fait le premier voyage sans accoster ni repérer de signe de vie. Les Décompteurs n'ont été mis au courant que plus tard, par le bouche-à-oreille, et sont venus aussi vite qu'ils le pouvaient.

« L'état de l'Archipel n'intéresse plus grand monde. Chacun reste sur son île, à jouer en famille, à ruminer ses histoires en espérant qu'un Sombre viendra un jour en dénouer les trames. Il arrivait, jadis, que des îles fassent l'aller-retour et reviennent chargées de visiteurs ou de nouveautés. Mais désormais, quand des morceaux de notre monde disparaissent, ils sont perdus pour toujours. Cela fait plusieurs générations que nous avons renoncé à lutter : nous avons fini par admettre que l'univers lui-même est contre nous. »

Il y a une tension dans la voix de la femme, et quelque chose dans son attitude, dans son engagement, qui contredit ses propos.

« Pourquoi vous appelez-vous Décompteurs ? Pourquoi être venus ici, si tout est déjà perdu ?

— Parce qu'il faut que certains voient de leurs yeux et puissent raconter.

— Mais raconter quoi ?

— Que la mer gagne désormais à tous coups. Qu'il y a de moins en moins d'îles habitables. Qu'il va nous falloir ou bien devenir des poissons, ou bien nous résoudre à disparaître. »

Tandis qu'Albin s'enfonce dans les souterrains des forteresses impériales, Moïra grimpe sur les crêtes et les sommets. Elle cherche à voir le plus loin possible, à embrasser du regard les paysages que contemplait son frère il y a quelques mois, quelques semaines à peine.

C'est ici qu'il a fui, se dit-elle. *Aslander a choisi de se cacher en Edin au moment du retournement. Il est parti avec Donnel parce qu'il ne voulait pas qu'on les retrouve.*

Elle serre les mâchoires. Moïra refuse de penser plus loin, d'articuler pour elle-même les conséquences du geste de son frère. Une main, au fond de sa poche, retrouve la pierre blanche. D'un seul geste, elle la sort et la jette à toute force vers la mer.

Mais son bras est court et le monde gigantesque, et elle ne voit pas même l'endroit où son projectile finit par crever la surface.

○

Ils repartent tous ensemble, quelques jours plus tard, sur deux grands canoës lestés de souvenirs. Les Décompteurs ont fait une collecte d'ustensiles de cuisine et d'habits épais, délaissant aussi bien les objets précieux que les quelques armes, les coffres aux serrures compliquées, les comptes rendus écrits, les ouvrages scientifiques.

Moïra a de réelles appréhensions à l'heure de reprendre la mer, malgré le grand calme dont font preuve les Faces Pâles. Ils attendent plusieurs heures au sommet de la falaise sans parler. Quand le vent s'apaise, ils désescaladent avec agilité, disposent et amarrent avec soin les sacs dans les embarcations. Ce n'est qu'ensuite qu'ils font monter Moïra et Albin. Les explorateurs, plus jeunes que les Décompteurs qui les ont accueillis, se chargent du pilotage. À peine détachés, les bateaux s'éloignent rapidement et gagnent la haute mer.

Le cœur de Moïra bat fort. Le bateau bondit sur les flots.

À la fin du jour, le soleil reparaît entre l'épaisse couche de nuages et l'horizon métallique, et ils accostent sur une plage de galets clairs. Juste derrière, sur une sorte de talus de terre jaune tenu par de hauts résineux, des lumières s'allument aux carreaux de maisonnettes rondes. Il bruine. Les pierres roulent sous les pas.

La femme aux taches de dépigmentation croise le regard de Moïra et déclare :

« Nous sommes en vie. »

Puis elle passe un bras autour de ses épaules et la mène jusqu'au petit chemin qui monte vers les premières habitations.

○

Le soir même, après un repas léger, sans que quiconque ait eu l'air de se concerter, tout le monde ressort. La nuit est noire, la lune, les étoiles sont masquées, le vent souffle par à-coups, personne n'a pris de lampe. On redescend à la plage, s'assied à même le sol, en désordre.

Le plus âgé des Décompteurs prend la parole en premier. Sa barbe et ses yeux sont tout à fait gris, Moïra ne l'a pas entendu, jusque-là, prononcer plus de cinq mots, et toujours à mi-voix. Cette fois, pourtant, il articule soigneusement. Son timbre est grave. Il dit :

« Chaque fois que nous montons sur un bateau, nous espérons redescendre sur la terre ferme. Nous ne sommes pas joyeux, à l'heure de parcourir les mers. Nous avons eu peur, aujourd'hui, comme nous avons peur chaque fois. Mais nous sommes en vie.

— Nous sommes en vie », répètent les voix, dans le noir.

Suit un silence, ou quelque chose qui y ressemble.

Moïra frissonne. Les cailloux sous ses fesses sont froids, elle aimerait être à l'abri du vent. Ce rituel lui évoque les grandes prières des Mères quand elles préparent les danses des Puissances. Plutôt qu'en plein air, on les pratique sous les voûtes des temples, qui ne sont pas des lieux moins froids, ni moins obscurs. On crie, ensuite on joue de la trompe, on fait rouler le tambour. On appelle à grand bruit les formes géantes de l'autorité.

Le silence se prolonge. Moïra sort de sa rêverie.

Elle est toujours sur la plage mais le vent est tombé. L'air s'est fait tiède et doux comme un toucher. Et quelque chose bourdonne, derrière le calme du monde. Les Faces Pâles, autour d'elle, fredonnent, leurs lèvres bougent à peine. Ils murmurent, tous ensemble.

Une petite lumière apparaît, suspendue juste devant ses yeux, suivie d'une autre à peine plus loin, puis de dix, de cinquante. La nuit scintille. Le souffle que Moïra inhale est grisant. On sent, dans la continuité du bourdonnement qui passe de bouche en bouche, qu'on participe, ponctuellement, d'un geste unique.

Le murmure n'est pas spectaculaire. Il ne change pas le monde. Et pourtant.

Et pourtant.

Lorsque cela s'arrête, quelques minutes plus tard à peine, la jeune fille se sent à la fois soulagée et triste. La peur qui la taraudait depuis qu'elle a manqué de se noyer s'est dissoute. À la place point en elle la nostalgie d'un monde inconnu, organisé et paisible, où elle serait la bienvenue.

o

« Aslander de Thecel et Donnel de Talsa, les beaux amants à la peau sombre, aux noms uniques, sont arrivés une nuit il y a une vingtaine. Ils sont repartis à l'aube suivante, sur le bateau qu'ils pilotaient eux-mêmes, et qui était d'un type que nous n'avions jamais vu dans l'Archipel. Quand nous leur avons demandé ce qui les pressait à fuir, ils ont annoncé qu'un retournement venait d'avoir lieu, que d'autres gens de leur monde risquaient de les rejoindre, et qu'il leur fallait s'éloigner pour ne pas être retrouvés. Ils nous ont fait jurer de ne rien dire de la direction par laquelle ils s'éloignaient.

— Pourquoi alors nous raconter tout ça ? »

Albin ne quitte pas son sourire goguenard. Il aime les histoires mais n'accorde pas plus de crédit aux récits de ses hôtes qu'à ceux que Moïra fait de son propre pays. La vraisemblance lui importe plus que de savoir si ce qui est dit est réel ou non.

« Parce qu'une Ambassadrice de Thecel est venue à leur suite et nous a forcés à trahir le secret. Elle a dit : le destin des deux mondes est lié à celui de ces jeunes gens. Nous devons les ramener de notre côté avant que le Jeu ne prenne fin. Cette femme puissante était accompagnée de la sœur, de la mère et du père du jeune Donnel de Talsa. Quand nous lui avons dit vers quelle île les amants se dirigeaient, elle a insisté : si nous ne revenons pas de cette expédition, répétez à ceux qui viendront après nous toutes les choses que vous nous avez dites et toutes celles que nous vous avons apprises, afin de lancer ces âmes courageuses sur notre voie.

— Par où sont-ils tous partis ?

— La ville abandonnée.

— Miryi ? demande Moïra. Celle des livres pour enfants ? »

Le Face Pâle hoche la tête, l'air désolé.

« Ce n'est pas une bonne année et ce n'est pas une bonne saison. Je me suis contenté de vous transmettre le message comme il m'a été remis. »

o
o
o

Les Décompteurs acceptent d'escorter Moïra et Albin jusqu'à Miryi, à condition de prendre le temps de finaliser les échanges avec les habitants de l'île-étape, de bien se reposer et de préparer soigneusement la traversée. La jeune fille, impatiente, arpente la grève, scrute les cieux, envoie dans les vagues des ricochets qui sombrent très vite.

Elle finit par se laisser convaincre par son compagnon d'apprendre son jeu de pierres bicolores et passe des heures à les disposer sur le plateau, à pousser son adversaire à la faute, à faire céder ses défenses par retournement. L'inquiétude sacrilège qui la gênait d'abord finit par se dissiper. Elle ne s'agace plus que de perdre presque chaque fois. Quand Albin tente de lui expliquer une stratégie, elle le fait taire. Elle aimerait comprendre par elle-même.

Enfin, les voilà partis. La traversée dure une matinée entière et l'accostage prend le reste de la journée. Même de loin, l'île est impressionnante. On dirait un pic ou un volcan, cerné d'une couronne déchiquetée. À moindre distance, on découvre qu'il s'agit des bâtiments bas de bord de mer, ouverts en deux comme des maisons de poupées. Au centre est érigé un complexe vertical de pierres cyclopéennes. Moïra n'a jamais vu de constructions si hautes ni si denses. Ce n'est que dans les livres d'histoires que l'on rapporte que, dans les anciens temps de l'Empire des Sicles, des cités pareilles avaient été bâties. Les Décompteurs déchargent à la hâte les bagages des jeunes gens sur une esplanade étroite et semée de moellons. Ils hissent ensuite hors de l'eau, à grands efforts, un des deux canoës avec lesquels ils ont fait le voyage.

« Merci pour votre aide. »

La Face Pâle aux petites taches blanches prend la jeune fille dans ses bras.

« Je serais fâchée que tu meures, jeune fille. Sois bien prudente et, pour le reste, je te souhaite de la chance. »

Le soleil poursuit sa descente. Les Décompteurs ne s'attardent pas. Ils saluent une dernière fois de la main, puis s'en vont sur la mer anthracite.

○

Il n'y a pas d'extérieur, sur Miryi. Seuls les cours et les balcons, les combles aux charpentes effondrées donnent sur le ciel. Nulle part le pied ne foule la terre, le sable ou le roc. L'île entière est un morceau de cité, un empilement de bâtiments poussés les uns sur les autres dans un désordre apparemment complet. Les proportions elles-mêmes ne sont pas respectées, les marches des escaliers correspondent à des foulées de nains ou de géants, les fenêtres ouvrent hors de portée des regards, les plafonds culminent à des hauteurs telles que l'on peine à les distinguer depuis le sol, ou bien forcent à avancer voûté, tête basse, genoux pliés.

À certains égards, la folie froide du lieu rappelle à Moïra les ailes désertées du Palais de Thecel. Miryi en a la démesure et le chaos. Mais il y manque le mobilier et les miroirs, les rideaux aux fenêtres, il y manque les souvenirs des présences passées, les fantômes. L'île de Miryi est froide et géométrique, ses constructions pourraient être le fait de plissements de terrain, d'une pluie de météores, de caprices puérils d'une Puissance nouveau-née. L'absence de vie rend Albin très nerveux.

« Tu vas vraiment entrer là-dedans ? s'inquiète-t-il.

— Ne t'en fais pas, le rassure Moïra. Nous allons avancer prudemment et marquer notre progression afin de pouvoir faire demi-tour dès qu'il le faudra.

— Je peux rester ici, si tu veux. Je fais un feu et prépare le camp en attendant que tu reviennes. »

Il a à peine prononcé ce dernier mot qu'un cri déchirant, déformé par les échos, résonne à l'intérieur de la structure. Après un silence, le bruit reprend plus fort encore, inarticulé, chargé de douleur ou de colère, avec des graves grondants et des aigus croassants. Moïra et Albin restent sans parler, l'oreille tendue. Il n'y a plus que le vent et les vagues.

Sans rien ajouter, ils se chargent de deux sacs et se mettent en route. La jeune fille a son arc en bandoulière, l'enfant le plus grand des couteaux de cuisine passé à sa ceinture. Une fois le premier seuil franchi, ils marquent l'entrée d'un cercle, dans lequel ils inscrivent une flèche pointant la direction par où ils sont venus.

○

Ils montent.

Dès qu'ils le peuvent, ils empruntent un escalier ou une échelle, un plan incliné, pour s'élever le plus possible dans la gigantesque structure. Moïra espère aboutir à une vue large et dégagée sur l'île, repérer d'en haut d'éventuels signes de vie. La lumière, aussi, est un peu moins chiche lorsqu'on émerge du maillage étouffant des niveaux bas. Albin suit de très près, sursaute au moindre bruit, dessine à la hâte les symboles attestant de leur route.

À deux reprises, les hurlements s'élèvent, sans que l'on puisse en déterminer l'origine. Cela ressemble par instants aux cris d'une vache en train de vêler, à d'autres aux grincements d'une machine emballée que l'on cherche à arrêter de force. Moïra feint de les ignorer, pour ne pas transmettre d'inquiétude à son compagnon.

Qui choisirait de vivre ici, même pour se cacher ?

Ils traversent en diagonale un espace immense, semé de morceaux de briques chus de hauteurs impossibles à distinguer. L'obscurité gagne au-dehors. Les ombres finissent d'envahir les bâtiments. Moïra cesse de marcher.

« Tu as entendu ? demande Albin.

— On s'arrête. On dresse le camp pour la nuit. Là, dans ce coin on peut même faire un feu.

— Les voix, poursuit le garçon. On dirait quelqu'un qui appelle à l'aide. »

Moïra se tait et bloque sa respiration.

Elle n'entend d'abord que le vent. Puis des grincements, des grattements lointains. Enfin, quelque chose qui ressemble à des voix humaines, étouffées, lamentables.

« On va voir, chuchote-t-elle.

— Attends ! »

Albin lui attrape la main.

« Si c'est des fantômes, je te protégerai », ajoute-t-il aussitôt, un peu honteux.

○

Pour la première fois depuis qu'ils sont entrés, la jeune fille et le garçon descendent un peu. À mesure qu'ils approchent, les signaux se font plus clairs, les voix plus distinctes. Ce sont bien celles d'êtres humains : appels lancinants, fatigués, à peine criés.

« Oho, fait la voix d'un homme. Oho ! »

Et, de temps en temps, une voix de femme la double :

« Venez nous chercher. »

Il fait de plus en plus sombre. Moïra avance prudemment. La petite main d'Albin est froide dans la sienne. Ils traversent une colonnade dont un fût sur deux est effondré. Des lueurs orange dansent contre le mur, projettent des ombres difformes. Un maigre feu brûle en bas du grand puits d'un escalier en colimaçon.

La jeune fille s'arrête, fait signe à l'enfant de se tenir prêt, le lâche pour encocher une flèche et approcher à pas de loup.

« On est là, geint la femme ! On est là !

— Ça suffit, dit l'homme un ton plus bas. C'est assez. Ils n'ont pas entendu et se sont éloignés. »

Metteus et Geilis de Talsa se rasseyent près du foyer, au fond du grand cylindre de pierre qui fait chambre d'écho. Ils sont sales, harassés. Sursautent quand résonne la voix de Moïra :

« De qui attendez-vous la visite ? »

La jeune fille apparaît en haut des marches, suivie du garçon à face pâle, qui sourit de soulagement.

« Et que faites-vous tapis dans ce trou ? »

Le noble baisse la tête.

« Elle nous a trahis. »

Sa femme dévore les nouveaux venus des yeux :

« Vous avez à manger ? »

Moïra abaisse son arc. Les courtisans ont le visage émacié, les cheveux épais de crasse. Leurs habits sont répugnants.

« Depuis combien de temps êtes-vous ici ? » demande-t-elle.

Metteus montre le mur derrière, sur lequel une dizaine de points marquent les jours écoulés.

○

Ils s'installent ensemble pour la nuit. Metteus et Geilis dévorent le pain qu'ils ont rompu en deux. Alternativement, ils racontent :

« Lorsque Donnel a disparu, quand il s'est enfui pour retrouver son amant, Mav d'Orab a été une des seules à nous proposer de l'aide pour le retrouver. Elle nous a parlé de ce qui se passait en Edin, de ce qui arrivait épisodiquement dans l'Empire et dont l'Œcumaîtrise gardait le secret. *Il n'y a jamais eu d'ennemi extérieur*, nous a-t-elle dit, *seulement des menaces géographiques, des pans du monde qui basculent au-delà, des fragments d'ailleurs qui arrivent chez nous. Il est presque certain qu'à cette heure votre fils est parti de l'autre côté. Je suis une des rares à connaître et fréquenter cet envers du monde. Si vous me permettez de vous y emmener, nous pourrons sauver Donnel, ramener au Palais l'héritier au trône et conseiller ce couple de très jeunes gens dans l'administration des affaires de l'Empire.* Quand elle vous a reconnue dans le caravansérail, nous nous sommes prêtés à son jeu et avons feint de vous recruter. Ce n'est que lorsqu'elle a choisi de vous abandonner sur l'île que nous avons commencé à redouter l'ambition de cette femme. Mais nous étions à sa merci, alors : elle seule connaissait les usages de ce monde, elle seule en possédait une carte. Nous l'avons suivie jusqu'ici, jusqu'à ce triste soir où, après avoir drogué notre ragoût, elle s'est enfuie en emmenant notre fille. Nous cherchons en vain, depuis, la sortie du dédale. Il n'y a aucune nourriture, ici. Nous n'explorons que pour revenir sur nos pas. Des bruits affreux résonnent du matin au soir. Nous nous sommes crus morts. Vous nous ramenez à la vie. »

Moïra et Albin restent à bonne distance, de l'autre côté du feu.

« Dormez, finit par leur dire la jeune fille. Nous allons veiller à tour de rôle. Quand la lumière sera revenue demain, nous vous indiquerons le moyen de sortir. Il y a, au-dehors, un bateau et des provisions. Vous nous y attendrez. Si nous ne vous avons pas rejoints dans trois jours, vous prendrez la mer sans nous, et prierez les Principes de vous aider à atteindre l'île la plus proche. »

Elle s'installe pour veiller, l'enfant roulé en boule à côté d'elle, et laisse le feu se réduire à quelques braises. Dans l'obscurité presque complète, Moïra cherche à se souvenir des histoires que racontait Gries sur cet endroit. Elle s'imagine dans l'illustration d'un de ses livres d'exploration fabuleuse, représentée au milieu, en tailleur, une couverture sur les épaules, un arc sur les genoux.

o
o
o
o

Le froid réveille Moïra. La lumière cendreuse du petit matin peine à atteindre le fond de la cage d'escalier. Albin s'est assoupi : il sursaute quand sa voisine se lève, s'étire pour faire revenir le sang dans ses bras. Metteus et Geilis restent immobiles, collés l'un à l'autre, presque entièrement dissimulés par les couvertures.

Moïra retourne les cendres du foyer, souffle sur les tisons encore incandescents. Une flamme unique renaît, danse un bref instant.

« Nous avons marqué le chemin sur chaque seuil, dit-elle plus tard aux courtisans. Suivez les flèches et vous serez sortis d'ici quelques heures.

— Je vous remercie, rétorque Geilis de Talsa, mais nous ne pouvons vous laisser aller seuls. Ce sont nos enfants. Nous devons les ramener avec nous.

— Vous n'irez pas là où nous allons. »

Metteus prend la main de son épouse dans la sienne, la serre sans regarder.

« Nous partons pour retrouver Daire, Donnel et Aslander, continue Moïra. Nous les ramènerons en Thecel, et chacun d'entre eux y vivra la vie qui lui est destinée. Nous ne laisserons pas Mav d'Orab nous faire obstacle. »

La voix de Moïra est très calme, elle ne hausse pas le ton, mais quelque chose de son discours résonne gravement dans le puits.

« Ne déviez pas de la voie indiquée, continue la jeune fille, et comptez bien trois jours entiers avant de prendre la mer. L'océan d'Abacule est mortel, même pour les Faces Pâles. Nous serons de retour avant cette date. »

○

Par les ouvertures dans les murailles, le ciel reste voilé et le jour sombre. Les courants d'air violents pris dans les corridors sifflent aux oreilles, fouettent les visages. L'inconfort croît à mesure que Moïra et Albin progressent dans les espaces de Miryi. Elle avance devant, lui la suit, s'abritant derrière son dos quand il le peut. Le morceau de charbon qui lui sert de craie est très usé. Il ne trace plus de flèche sommaire, désormais, que lorsqu'ils changent de direction. Les hurlements semblent plus fréquents, aussi, et plus forts. On dirait que Moïra s'y est habituée. Elle ne sursaute plus, ne s'arrête plus pour tendre l'oreille. Ce ne sont que d'inquiétantes ponctuations dans leur marche vers les hauteurs.

Vers midi, ils atteignent une galerie extérieure, un long balcon perché au-dessus des toits des principaux bâtiments. Le vent qui longe la façade s'engouffre dans le goulot de l'ouverture et siffle plus fort qu'ailleurs.

« Regarde, dit Albin. Ils sont passés par là. »

Dans un coin de la pièce des petits os s'accumulent, mélangés et poussés en tas par les bourrasques. Moïra se penche. On dirait des restes de poulet, de lapin peut-être. Il manque les crânes. Du bout de son arc, elle gratte le peu de poussière déjà déposé sur une cage thoracique.

« On continue », dit-elle, se relevant.

Albin rabat sa capuche et, à sa suite, s'engage sur la plate-forme. Le garde-corps est orné de statues régulièrement plantées, qui représentent des personnages debout, grandeur nature. Toutes sont usées et abîmées. La plupart des mains manquent, et les visages des têtes encore sur les épaules sont si bien poncés qu'aucun trait n'est plus reconnaissable. Tout au bout, un escalier très étroit monte en S le long d'une colonne sculptée, menant à de nouveaux belvédères. C'est comme grimper dans les branches, de plus en plus hautes, d'un arbre titanesque. Tout devient plus fin, plus fragile et vertigineux.

Le vent tourbillonne autour des cimes de l'île de Miryi, porteur de mille bruits inquiétants, de cris de bêtes, de voix humaines. De temps en temps, il semble à Moïra qu'elle aperçoit plus haut, encore plus haut, des lumières qui papillonnent. Ils montent ainsi, de plus en plus prudemment, jusqu'à ce que la nuit tombe. Albin dégotte alors une niche, étroite mais fermée sur trois côtés, dans laquelle ils se font un abri. Les corps sont épuisés, mais le froid tient le sommeil à l'écart.

Moïra, qui a pris à nouveau le premier tour de veille, sent contre elle l'enfant qui ne cesse de tourner sur lui-même en soupirant. Il a l'air fragile dans sa nervosité. Il est blanc comme la peau qui se forme sur le lait cuit, ses cils sont comme de la paille. La jeune fille pose une main sur son épaule et sent qu'il tremble de tout son corps.

« Qu'est-ce qu'il y a ? demande-t-elle.

— Il faut que je te dise, chuchote l'enfant, sans ouvrir les yeux, sans se retourner vers elle.

— Me dire quoi ?

— Pourquoi je suis ici, avec toi. »

○

« Personne, dans l'Archipel, ne veut avoir affaire à moi. Tout le monde sait que le malheur me précède partout où je vais. Des drames affreux sont arrivés, dit-on, à ceux qui se sont penchés sur mon berceau. Lorsque j'étais encore enfant, on m'a donné le nom du grésillement qui vient avant la chute d'un éclair. Je ne me souviens de rien de tout ça. Je crois que j'ai été heureux quand je ne savais ni marcher ni murmurer. Dans mes rêves, j'ai un père et une mère. On m'a mis sur des barques et changé d'île pour m'éloigner plus de fois que je n'ai de doigts sur la main. Longtemps, on a attendu qu'une pierre se retourne pour moi. On disait que seule la venue d'un Sombre pouvait dénouer les fils de mon destin. Quand celle sur laquelle tu es venue est apparue, j'ai été mis sur le canot sans qu'on me demande rien, et chaque fois que j'ai souhaité venir te voir, on m'a prêté l'embarcation sans discuter. Je ne sais pas de quelle graine mon mal a poussé, mais je sais que la méfiance engendre la méfiance, et les rumeurs appellent des malheurs plus grands. Quand j'avais sept ans, j'étais sur l'île parfois appelée Mechead avec d'autres sans famille, et du soir au matin, jusque dans mes rêves, les insulaires jouaient à m'inventer des noms méchants. Chacun en avait un à sa mesure, les adultes comme les enfants, les sages comme les idiots. Ils me nommaient tour à tour Morvejaune, Pissenbiais, Bouchesale, Sanspère ou bien encore Crapaud, Muet ou Merdeux, et chacun répétait le même mot, jour après jour après jour, jusqu'à ce qu'il me colle dessus, qu'il bloque mes gestes et me rétrécisse. Il s'est passé beaucoup de temps avant que ça ne fasse un bloc en moi, et plus de temps encore avant que je ne sorte cette masse de mon corps, ne me hisse dessus et ne décide que ça devait cesser. J'étais seul, vivais loin des voix, mais un jour la douleur a été si grande que j'ai quitté les abris en pleine nuit, j'ai marché pieds nus, pensant me jeter à la mer, et suis tombé nez à nez avec le dragon couché en rond autour d'une pierre dressée. La suite, je ne sais pas la dire dans l'ordre. Le village a été détruit aux trois quarts. La salle de réunion a brûlé, ainsi que les réserves d'hiver. Un vieux qui fuyait s'est cassé la hanche. Beaucoup se sont précipités à l'eau.

La colère du dragon avait la taille de ma colère à moi. Parfois je crois me souvenir que j'étais hissé sur son dos. Le lendemain et les jours suivants, on a cessé de me houspiller, mais dès qu'un bateau est venu, on m'a mis dessus en prévenant les barreurs. J'avais failli causer la perte de ma communauté. Il fallait pour toujours se méfier de moi. J'étais devenu l'enfant qui murmure les dragons.

— Veux-tu que je demande au Principe de Justice de statuer sur ton cas ?

— Ce n'est pas la peine.

— Mais tu disais que seul un Sombre pouvait résoudre ton problème. Que tu attendais un retournement depuis longtemps.

— Ta justice ne m'intéresse pas. Je ne suis pas responsable de cette vie que j'ai. Le mal que j'ai fait, je l'ai fait malgré moi. Je voulais juste qu'il y ait un retournement pour être sûr que ça existe.

— Que quoi existe ?

— Un autre monde. Un endroit où les noms ne seraient pas des punitions. Un endroit où je ne serais pas un malheur.

— Et alors ?

— Je ne sais pas. Je n'ai pas l'impression que de là où tu viens, les choses aillent tellement mieux qu'ici. »

○

Albin dort, la main refermée sur un doigt de Moïra. Celle-ci attend que la respiration de l'enfant se soit apaisée. Et quand elle est sûre qu'il ne se réveillera pas, depuis les hauteurs de la ville désertée, avec toute la rigueur dont elle est capable, elle invoque en elle la Vérité.

Un instant plus tard elle se voit seule, debout, à avancer sur un tapis très long, un peu rêche sous ses pieds nus. La pénombre dans le corridor est agréable. De part et d'autre, des portes entrouvertes donnent sur des pièces vivement éclairées. Des bribes de sons s'échappent, des éclats de voix, des bruits de couverts. L'odeur est celle, familière, des couloirs du Palais de Thecel. Moïra s'arrête en reconnaissant un timbre, une intonation. La porte qu'elle entrouvre à sa droite révèle une petite bibliothèque, des fauteuils, un service à thé, et quatre personnes en grande discussion.

Daire de Talsa est debout, poings sur les hanches, les cheveux lâchés, elle parle vivement. Mav d'Orab, assise juste à ses côtés, opine : ses manches retroussées laissent voir les milliers de signes sur sa peau. En face, sur une causeuse, Donnel de Talsa et Aslander se tiennent enlacés. Le premier a l'air honteux, le second a une expression plus complexe.

Il a peur, pense Moïra. *Ou peut-être est-il en colère.*

Moïra essaie de se concentrer sur le dialogue, elle a conscience que Daire argumente, qu'elle insiste, mais les phrases peinent à lui parvenir. *Régence… Œcumaîtrise…* Plus la jeune fille parle, plus son frère se recroqueville. Un sourire mauvais gagne les traits de Mav d'Orab. Moïra aimerait attirer l'attention de son frère mais sait qu'elle ne doit pas être vue. *Abdication…* Il faudrait avancer pour mieux entendre, la porte résiste. Sans qu'elle l'ait vu bouger, Daire est soudain face à elle, un regard glacé plongé dans le sien. *Empire…*

Empire de Talsa.

Moïra sursaute, se cogne la tête contre la pierre. Elle est dans son alcôve, loin au-dessus du sol. Albin se retourne sans se réveiller. Le hurlement que lui porte le vent, quelques instants plus tard, est bizarrement rassérénant.

o
o
o
o
o

Au point du jour, le vent est un peu tombé, et les belvédères de Miryi étincellent de givre.

Albin est déjà debout, accoudé à la rambarde, plongé dans la contemplation de la ville verticale qui se déploie sous lui. Le soleil qui se lève pose alentour des ombres longues et bleues. Moïra n'a pas souvenir de s'être finalement endormie. Il n'y a plus, au-dessus, que les flèches hautes, les derniers sommets. La jeune fille se lève, moulue par l'effort de la veille et la mauvaise nuit, s'étire en clignant des yeux, offre son visage à la lumière.

Quelque chose traverse son champ de vision, un chiffon vif dans le contre-jour, trop rapide pour qu'elle puisse distinguer quoi que ce soit. L'instinct d'archère la réveille d'un coup, elle court rejoindre l'enfant, se retourne, se penche vers le vide. Un dragon juvénile de belle taille vole à toute allure vers les cimes dans des palpitations silencieuses de ses grandes ailes cuivrées, fait une volte, disparaît par une ouverture ogivale.

« C'est lui, dit Albin. C'est lui qui crie, de jour comme de nuit. »

○

Albin n'a pas l'air de craindre le monstre. Il ne semble pas non plus embarrassé des confidences faites la veille. Son visage clair est à nouveau épanoui, il sourit, marche devant, stoppe ensuite pour marquer comme il le peut le chemin suivi jusqu'ici. Depuis qu'ils circulent dans des coursives extérieures, il est bien plus facile de se repérer à la course du soleil, aux vues sur la mer et la poignée d'îles au-delà, aux toits et constructions remarquables.

Moins d'une heure après leur départ du bivouac, ils aperçoivent une sorte de phare, accessible par une corniche vertigineuse et une échelle rudimentaire de barreaux scellés dans la pierre. L'étrangeté de ce nid d'aigle tient à ce que des couvertures de laine ont été fixées sur toutes les ouvertures. L'une d'elles, détachée, claque dans le vent. Et en remontant les traînées sales sur les lambourdes en contrebas, on finit par découvrir un seau d'aisances abandonné.

La jeune fille et son compagnon s'encordent pour traverser le gouffre. Deux pieds ne tiennent pas côte à côte sur le faîte bombé du toit, et Moïra est obligée de se mettre à quatre pattes avant de s'engager. Albin la précède et lui parle. Elle soupçonne que ce sont des mots rassurants, elle n'entend pas bien. À mi-chemin, le courant d'air forcit et elle doit fermer les yeux. Moïra ne peut plus bouger. Cela dure longtemps, puis elle sent que la corde se tend. Albin est passé. Il fait deux tours sur un ancrage de pierre puis assure fermement. Moïra se remet en route, le garçon avalant la corde à mesure. Une fois en sécurité, elle se détache sans oser se retourner, sans avoir le courage de regarder en bas.

La pièce perchée a été aménagée en campement, puis abandonnée à la hâte. Moïra reconnaît dans l'équipement laissé derrière une partie du barda des nobles de Talsa. Il y a aussi, dans le coin cuisine, du matériel de campagne de l'armée impériale. Les cendres du foyer central sont encore vaguement tièdes.

« Ils étaient encore ici hier, réfléchit la jeune fille à voix haute. Ils ne peuvent pas être bien loin. »

Elle arpente l'espace réduit. L'organisation de l'installation et son confort relatif dénoncent une série d'habitudes. Ils sont restés ici plusieurs jours, plusieurs semaines peut-être.

Pourquoi ?

Albin écarte une des couvertures fixées à l'aide de moellons. Un courant d'air, aussitôt, se crée, et la lumière entre à plein. La vue ouvre sur l'île presque entière. On aperçoit, tout en bas, la grève sur laquelle ils ont échoué les canoës de mer, et à l'abri d'un pli de roche, les signes du campement de Metteus et Geilis de Talsa.

Moïra se détourne. Elle veut comprendre, inspecte les reliefs alimentaires, renifle les gourdes vides, il y a même un sac de voyage en bon état, pourtant abandonné.

Ils sont venus attendre quelqu'un ou quelque chose.

En relevant la tête, elle aperçoit les inscriptions sur le mur : de longues lignes à la craie, bien ordonnées, à hauteur de bras d'homme. Les caractères illisibles ressemblent à ceux qu'Albin traçait dans le sable du jardin. Il y a également des séries de ronds noirs et de ronds blancs, des chiffres faisant penser à une feuille de calculs compliqués. Moïra recule d'un pas, penche la tête. De loin, on pourrait croire à un dessin abstrait. Une carte, peut-être.

« Là-bas ! crie Albin, toujours à la fenêtre. Je crois que je les vois ! »

Il désigne, tout en bas, un point de la mer, et Moïra, accourue à ses côtés, ne distingue d'abord rien. Un instant plus tard, une tache jaune et rouge se détache contre l'eau : la voile carrée d'un bateau à deux coques de fabrication impériale. Il double les bâtiments qui le cachaient à leur vue et, remontant le vent en louvoyant, entreprend de s'éloigner péniblement de Miryi en direction de la pleine mer.

o

Moïra essaie de retenir l'emballement de son cœur.

Fais attention. Réfléchis.

De leur perchoir, elle peut distinguer les volées de marches, les échelles, les gradins. Le labyrinthe de Miryi, vu d'en haut, se révèle, et les chemins à suivre se dessinent. Ils ne peuvent pas se perdre : ils n'ont qu'à courir vers le bas. Dans quelques heures, ils peuvent être de retour aux canoës. Ensuite, ils pourront murmurer, pagayer, barrer. Rattraper le retard.

Il n'y a pas un instant à perdre.

« Qu'est-ce qu'on attend ? demande Albin. Ils sont juste là ! On les a presque rattrapés. »

Moïra retourne aux dessins gribouillés, essayant de faire abstraction de la voix perçante du garçon. Les ronds, les signes : ce sont bien des calculs, oui. Le même genre de tables codées que les cartographes posent dans les marges de leurs travaux dans l'Empire des Sicles. Combinées, elles informent l'Œcumaîtrise de l'état de l'univers.

« On n'y arrivera pas en leur courant après, murmure Moïra.

— Pourquoi pas ?

— Je sais pourquoi ils sont restés ici aussi longtemps. »

L'enfant regarde Moïra, qui ne détache pas les yeux des écrits sur le mur.

« Ils attendaient l'heure du prochain retournement. »

Albin revient à la fenêtre. Le bateau navigue difficilement, trop près de l'île encore, dans les vortex capricieux du vent autour de la cité. Le soleil approchant du zénith fait briller la mer et les dalles blanches des escaliers. On dirait la plage plus proche qu'elle ne l'est, il voit les silhouettes minuscules des parents Talsa qui s'agitent, peut-être vont-ils prendre la mer eux aussi.

« Alors quoi ? finit par demander l'enfant. On abandonne ?

— Non, répond Moïra. On s'encorde et on continue de monter. »

○

Dans les derniers niveaux, les voies taillées pour les hommes se réduisent. Il faut passer de profil dans des étroitures rêches, marcher sur des pierres espacées comme sur le gué d'une rivière de vide. Il n'y a plus de degrés, plus d'échelons, il faut grimper sur les ornements, se hisser en embrassant les statues, en escaladant leurs épaules.

Moïra a pris la tête, malgré la terreur qui lui noue le ventre. Elle seule semble savoir où elle va, en plein dans le ciel, pour autant qu'Albin puisse en juger. L'enfant ancre de loin en loin la corde, afin d'éviter à la jeune fille de choir de trop haut en cas de maladresse. Il ne la regarde plus progresser, la précarité de ses prises, les tremblements de ses jambes l'inquiètent. Il essaie aussi de ne pas être obsédé par la fuite du bateau à voile, de plus en plus rapide maintenant.

À la suite de Moïra, il se hisse vers les sommets de Miryi, les plus hautes plates-formes, l'endroit où la ville s'achève. Ce n'est que lorsque le vent lui rabat l'odeur pestilentielle en pleine face qu'il comprend le projet de la jeune fille.

Le toit conique est très haut, ouvert jusqu'à sa

base, et dans la forêt de sa charpente, le dragon a fait un lit à sa mesure. Quand Albin se hisse sur le rebord, Moïra est déjà en train de claquer de la langue, de siffler dans ses doigts juste sous le museau du reptile, si petite, en proportion. La bête somnolait sur le réseau de poutres, les ailes à demi pliées pour se contenir dans l'espace, tête reposée sur une de ses pattes arrière. L'intrusion des humains la fait se déployer. Les écailles du cou crissent doucement, les paupières s'entrouvrent, révèlent des yeux opaques. Le voile nictitant glisse à son tour, latéralement. L'iris est vertical, l'œil plus grand que la tête de Moïra.

Même quand la gueule s'entrouvre, elle ne recule pas.

« C'est à toi de jouer, dit-elle à Albin sans se retourner. C'est maintenant ou jamais. »

○

Est-ce qu'on murmure les dragons comme on murmure un bateau ?

Ou bien c'est la mer que l'on convainc de nous porter à destination, c'est le ciel que l'on séduit pour qu'il nous soutienne et nous transporte ?

Moïra retrouve la tiédeur du monde murmuré, l'étrangeté de l'écoulement de son temps. Et lorsque Albin lui demande de l'aider, l'invite, la supplie de l'assister, elle se met également à chuchoter des sons, sans comprendre ce qu'elle fait, à emplir sa bouche de chuintements et de souffles, d'exhortations, de prières, de compliments et de douceur.

Alors le grand dragon cuivré de Miryi, avec la grâce terrible de son espèce et des mouvements évoquant aussi bien le chien que le serpent, baisse son cou pour permettre aux jeunes gens de monter. Et à peine se sont-ils arrimés aux barbillons qui partent des commissures de ses lèvres que le voilà qui se redresse sur ses pattes, s'extrait de l'ouverture et se laisse choir dans le vide.

Ne pense à rien, se répète mentalement Moïra, tandis que sa bouche continue d'articuler des douceurs insensées, si bas qu'il est impossible que qui que ce soit puisse entendre dans le déchirement de l'air. La chute s'arrête à l'instant où le dragon déploie ses ailes, la nausée et le barouf cessent avec elle et d'un coup le monde s'apaise. Il n'y a déjà que la mer sous eux. Moïra vole. Elle plane.

« Plus vite ! »

C'est Albin qui a crié, collé à son dos, accroché comme il le peut. Elle voit le bateau se rapprocher sous eux, puis l'océan bondir à leur approche. Ils ne tombent pas, pourtant : c'est l'univers qui bascule.

Moïra a déjà vécu ça, mais n'est pas prête à voir l'eau se fendre en deux d'un horizon à l'autre, une plaie de ténèbres parfaites s'ouvrir dans les flots sans que ceux-ci la comblent, la nuit surgir du milieu d'une mer qui se soulève de l'autre côté comme le second fléau d'une balance trop chargée.

« Plus vite ! » insiste Albin aux oreilles du dragon, qui prend de l'altitude à grands gestes furieux.

Il ne contrôle rien.

Moïra serre ses maigres prises aussi fort qu'elle le peut, ses bras, son dos se raidissent, un instant le soleil l'aveugle, puis un choc la plaque à nouveau contre le cou de la bête. Elle voit maintenant la pierre dans sa totalité, tout le carré de mer et un bout de son verso, les champs, les arbres, les maisons, levé à la verticale, perpendiculaire à l'univers.

Le dragon replie alors ses ailes, allonge son corps en flèche et plonge dans la nuit étoilée qui règne de l'autre côté.

•

Il n'y a rien, d'abord, qu'un épais bain de noir, tranché par les rayons éblouissants du jour d'Abacule : des éventails de lumière poudrée, étranges et fugaces aurores boréales qui étrécissent, puis s'éteignent tandis que la pierre finit de pivoter. Ensuite, l'œil commence à s'accommoder. On retrouve la lune mince, à peine levée, les étoiles, les taches sombres des nuages, puis, en contrebas, très loin, l'Empire des Sicles tel qu'en lui-même. Depuis le ciel, il semble un atlas obscur, piqué ici ou là d'une source lumineuse. Un parchemin quadrillé, percé, tenu devant une flamme vacillante.

C'est la première fois que Moïra voit l'Empire d'aussi haut. Elle est fascinée par l'abstraction du monde, les forêts cotonneuses, les stries des champs, l'agencement des villages, les fils des routes, les méandres des cours d'eau qui, brièvement, attrapent un éclat blafard et luisent. Ce n'est qu'au bout de longues secondes qu'elle réalise qu'il n'y a plus que le vent à siffler à ses oreilles. Elle s'est tue quand la pierre s'est remise en place et Albin a lui aussi cessé de murmurer.

Le dragon vole seul, libre, imprévisible.

La joie incontrôlable qui saisit la jeune fille ressemble à une panique : hissée sur pareille monture, elle ne peut que foncer droit à la catastrophe. Elle lâche une main pour attraper le vide, crie à pleins poumons tandis que la bête repart en piqué.

« La mer ! crie Albin au moment où Moïra reprend son souffle. Ils ont enfermé la mer ! »

Et on distingue en effet la pierre entière, le carré d'océan qui vient de se substituer, dans la géographie de l'Empire, à un bout de plateau cultivé. Cela fait comme un grand lac parfaitement carré, aux eaux agitées, sur lequel navigue, solitaire, le voilier impérial. Tout autour, des palissades ont été dressées, séparant les flots de campements de toile et de machines de chantier. Des feux sont allumés sur les voies d'accès, aux cols et en certains points des crêtes. Le dragon descend toujours. Moïra se sent ivre.

« Ils vont nous voir ! » poursuit l'enfant.

Et en effet, lorsque le dragon glisse au-dessus d'un camp, elle entend brièvement des hurlements de frayeur, l'écho d'une trompe qui va en s'amenuisant aussitôt. La terre dure, les rocs, les pointes des sapins : tout file à une vitesse terrifiante, de plus en plus proche. Le vol de la bête épouse les reliefs en un rase-mottes agile et délié.

« Dis-lui de nous poser, parvient à articuler Moïra entre deux rires. On va finir par se tuer.

— Est-ce que le murmure fonctionne de ce côté ?

— Comment veux-tu que je le sache ? »

Elle ne peut s'empêcher de jubiler. C'est drôle et douloureux en même temps, comme des chatouilles qui ne cesseraient pas. Même quand elle finit par rouler au sol, elle continue de glousser. Le dragon a stoppé net, s'est posé sur la prairie courte d'un alpage très raide. Le choc la jette à terre, et elle sent Albin lui choir dessus un instant après. Au-dessus d'eux, la tiédeur fétide du corps du grand reptile passe, ils aperçoivent son grand œil jaune qui cligne. Mais avant qu'ils ne puissent s'inquiéter du sort que l'animal leur réserve, celui-ci est reparti d'un grand battement d'ailes.

Moïra frissonne des pieds à la tête. La terre sous elle semble vibrer.

« Qu'est-ce que tu lui as dit ? demande-t-elle à Albin, bien plus tard.

— Merci, je crois. »

Leur sac a roulé dans la pente et s'est arrêté au début d'un pierrier. Moïra descend le chercher quand ses spasmes s'apaisent, quand le calme et le froid reviennent. Les feux brillent dans la vallée d'un éclat menaçant. Chargée de leurs affaires, elle monte retrouver le garçon.

« Il nous reste peu de temps avant le lever du soleil. Éloignons-nous avant d'être repérés. »

•

Ils progressent en dehors de tout sentier et en abordant les passes par les accès les plus raides. Au petit matin, le ciel pâlit, puis vire au rose derrière les montagnes. Albin et Moïra s'arrêtent et regardent de l'autre côté le commencement des plaines. Les brumes de l'Empire se lèvent en même temps que le soleil. Le garçon opine, impressionné.

« C'est sec. »

À l'aide d'un bâton, la jeune fille dessine entre ses pieds un schéma sommaire.

« Siumo, Frosque, Edin, l'île du murmure, Miryi », énonce-t-elle, formant chaque fois un petit cercle. Elle trace ensuite une double ligne, avant de reproduire les symboles de l'autre côté, mais avec des cercles pleins et disposés en sens inverse, comme dans un miroir.

« Nous sommes ici, indique-t-elle à Albin. En marchant toujours dans cette direction tu finiras par tomber sur le caravansérail. Tu peux difficilement te perdre, parce que ces deux pierres-là sont fermées et surveillées par des soldats. Ne cherche surtout pas à les traverser, contourne-les. Évite de te faire repérer. Tout ça peut te prendre un jour ou deux. Une fois à destination, renseigne-toi sur la caravane des bateleurs menée par Dagan le borgne, maître des renards, et fais en sorte de les rejoindre. Présente-toi au besoin comme un ami d'Yvine de Nira. Tu pourras voyager avec eux, et je sais qu'ils s'occuperont de toi jusqu'à ce que je puisse vous retrouver. »

Le garçon reste un moment sans rien dire, à regarder la constellation de points dessinés dans la poussière.

« Qu'est-ce que tu vas faire ? On ne peut pas rester ensemble ? »

Moïra pousse vers lui le sac de voyage, les couvertures, les provisions.

« Il faut que j'aille parler avec mon frère », répond-elle.

Elle hésite, puis finit par se défaire également de l'arc et du carquois.

« Je dois m'assurer que le sort de l'Empire est entre de bonnes mains. »

Albin s'est détourné. On n'aperçoit qu'un bout de son profil, un coin de sourire un peu forcé : il feint de regarder vers le lointain.

« C'est sec, répète-t-il, mais c'est beau. Je ne me perdrai pas. Retrouve-moi dès que tu peux.

— Je le ferai. »

Quand elle n'est plus capable d'entendre le bruit des pas d'Albin s'éloigner derrière elle, Moïra se relève et rejoint à la hâte le chemin le plus proche.

•

Le premier poste de garde laisse passer la jeune fille sans intervenir. Les soldats, debout, se contentent de la regarder descendre de loin, sans s'avancer ni lui adresser la parole. Son manteau est ouvert, sa capuche baissée, on voit qu'elle ne porte pas d'arme, qu'elle voyage seule et sans équipement. Le carré de mer étincelle dans le jour qui se lève. Des centaines d'ouvriers aux couleurs de l'Œcumaîtrise s'activent sur les berges. Ils mettent en place des machines, érigent des moulins à vent, acheminent des chargements de bois. Une formidable enceinte est en voie de construction, une muraille pour isoler la pierre renversée du reste de l'Empire.

De là où elle est, Moïra ne distingue plus le bateau sur lequel son frère a quitté l'île de Miryi. Tandis qu'elle scrute les flots, une sœur guerrière apparaît devant elle, juste à portée de sabre et sans qu'elle en ait eu le moindre pressentiment. Poing droit pressé contre la paume gauche, elle lui barre le passage. La princesse s'arrête.

« Je suis dame Moïra de Thecel et suis venue retrouver mon frère, héritier du trône impérial.

— Je te ferai escorte, réplique la guerrière. Va devant. »

Moïra entre dans le campement, suivie comme une ombre par la guerrière, son rythme calé sur le sien. Chacun poursuit ses activités, indifférent à son arrivée. On la mène devant une tente noir et blanc, devant laquelle un grand foyer est lentement ravivé. Six grands bancs l'encerclent, pouvant accueillir chacun une demi-douzaine de personnes. Mav d'Orab, seule, y est installée, surveillant une bouilloire posée dans les braises.

« La voilà, annonce la sœur.

— Merci, Brona-Deir, dit l'Œcumaîtresse sans lever la tête. Tu peux reprendre ta faction.

— Non. Je vais rester ici. »

Le ton demeure factuel et Mav se contente de répondre d'un geste de main vers le banc. Moïra seule s'assied.

« Vous êtes vive, princesse, commence-t-elle, et remarquablement téméraire. Vous m'avez surprise, je l'avoue. »

Elle se penche pour sortir du feu sa décoction, révélant largement ses bras tatoués. Moïra ne peut s'empêcher de jeter un bref coup d'œil sur le dessin apparu sur sa propre peau.

Bien sûr qu'il est toujours là.

« Nous pourrions avoir besoin, à nos côtés, d'une femme de votre trempe.

— Où est Aslander ?

— Où croyez-vous qu'il soit ? »

Mav verse le liquide ambré dans deux tasses de campagne, en tend une sans se lever. Moïra hésite puis se résout à faire le chemin jusqu'à elle. Au moment de lui passer le récipient, la femme lui touche les doigts en une caresse inattendue, désagréable. Moïra sent le regard de la sœur guerrière braqué sur elles deux.

« Il se repose dans sa tente, poursuit Mav d'Orab. Quelques heures de calme avant d'entreprendre le voyage de retour. La marche jusqu'au Palais. L'annonce de son sacre.

— Je dois le voir. »

Moïra recule d'un pas.

« Bien sûr que vous le devez. »

L'Œcumaîtresse désigne la tente juste derrière elle.

« Faites comme chez vous. »

••

Aslander se lève à l'entrée de Moïra. Il est vêtu de propre, rasé, peigné, et sent les huiles de bain à cinq pas. La jeune fille hésite, laisse retomber derrière elle le pan de tissu lourd qui double la porte de la tente. Son frère semble plus grand et mince encore que dans son souvenir, ses yeux brillent dans la pénombre confinée. Le tapis de sol reproduit les motifs géométriques palatiaux. Dans le grand lit de voyage défait, à moitié caché par de nombreuses couvertures, Donnel paraît dormir. Moïra détourne le regard.

« Approche, petite sœur. Laisse voir comme tu as changé. »

J'ai les cheveux courts, je suis vêtu de loques poussiéreuses, je pue.

Mais il suffit qu'Aslander ouvre ses bras pour qu'elle s'abandonne, qu'elle vienne s'y loger. Calée contre son torse osseux, elle imagine, un instant, entendre battre son cœur.

« Je suis soulagée que tu sois en vie, finit-elle par dire. J'ai eu si peur pour toi.

— Moi aussi. Moi aussi j'ai eu peur. »

Ils se parlent à mi-voix, peut-être pour ne pas déranger l'amant endormi, peut-être pour ne pas être entendus depuis l'autre côté de la toile. À moins que ce ne soit pour s'obliger à l'attention, se forcer de rester très près, se réjouir, simplement, d'être à nouveau à portée de chuchotement.

« Si tu avais entendu les rumeurs qui couraient, tout le long de la route d'Edin. On parlait de milliers d'hommes armés, de torture des prisonniers, de sévices spéciaux réservés aux officiers de haut rang. Avant une semaine de route, les sœurs guerrières de l'escorte avaient déjoué deux tentatives d'assassinat. Quand Donnel est parvenu jusqu'à moi, au péril de sa propre vie, nous avons fait le choix de nous enfuir. Partir pour une contrée où je n'aurais jamais été reconnu, où nous aurions pu recommencer nos vies. Nous avons avancé le plus loin possible dans le territoire désert, évacué de fraîche date. Et puis, cela s'est produit. »

Frère et sœur sont installés sur une banquette, une assise de cuir tendue sur un large croisillon de bois. Aslander tient une main de Moïra, dont il déplie les doigts lentement avant de la retourner. La paume, plus claire, apparaît.

« J'avais lu, dans les annales de l'Empire, des histoires semblables, remontant à des temps très anciens. Jamais je n'aurais cru que ça se produisait encore. Et nous ne pouvions imaginer le monde merveilleux qui nous attendait. Personne ne nous avait suivis. Nous étions seuls, inaccessibles. Nous étions libres. Même quand les Faces Pâles sont venus nous trouver, nous ne nous sommes pas sentis menacés. Nos liens étaient coupés pour toujours. Je n'étais plus une cible. Je n'étais plus cet Empereur qui vient. »

Moïra ne dit rien, elle le laisse dire. Aslander a toujours eu le goût du monologue, des grandes phrases. Plus il est mal à l'aise, plus sa pensée peine à sortir clairement. Elle sent, derrière, le désarroi qui le ronge : c'est l'évidence de sa fragilité qui a toujours rendu Aslander séduisant.

« Et puis Daire est arrivée jusqu'à nous, guidée par Mav la Sage. Toutes deux avaient traversé d'immenses distances pour nous voir, d'impressionnants dangers. Elles ont risqué de se perdre, de mourir, de ne jamais retrouver le chemin de chez elles, pour nous avertir de ce qui s'était passé. Ta disparition du Palais. L'avalanche des retournements. Le coup de force de la Grande Magèstre. Mav m'a parlé, longuement, à voix basse, et un voile s'est levé de devant mes yeux. Ma peur n'a plus rien pesé dans la balance de mon cœur. J'ai compris que mon bonheur importait peu face à l'ampleur de mon devoir. C'est dans l'adversité, dans la terreur, que j'ai saisi le dessein. La nuit, dans le phare où nous avons élu domicile en attendant le retournement, Mav refaisait ses calculs. Nous espérions chaque jour voir ses prévisions se réaliser. Quand je ne parvenais pas à dormir, elle se penchait vers moi et murmurait à mon oreille des mots apaisants. *Tout ira bien pour toi*, répétait-elle. *Tu seras un Empereur sans reproche. Ta légende durera si longtemps qu'elle éclipsera tout souvenir de tes prédécesseurs.* »

Sa voix chuinte, ses yeux s'écarquillent un peu quand il reproduit les mots de Mav. Son visage semble un masque de peau tirée. *Comme il a l'air fatigué.*

« Le bateau attendait. Un grand bateau impérial venu là comme par magie. À son bord, nous avons passé à nouveau la frontière des deux mondes. Maintenant nous voilà de retour. Te voilà retrouvée. Dans peu de jours, nous serons au Palais où je réclamerai ce pouvoir qui nous revient. Qu'en dis-tu ? Qu'en dis-tu, petite sœur ? »

Il la reprend dans ses bras, la serre contre lui. Le prince tremble, comme secoué de sanglots, et Moïra ne répond rien. Elle essaie de se souvenir d'un moment heureux qu'ils auraient partagé ensemble, afin de conjurer la peur et la tristesse qui l'envahissent. Quand Aslander desserre son emprise, elle demande seulement :

« Que voulais-tu dire, quand tu parlais de coup de force ? »

Mais, au lieu de celle de son frère, c'est une voix dans son dos, haute et claire, qui lui répond :

« La Grande Magèstre a pris prétexte de la vacance du trône impérial pour s'octroyer l'interrègne. »

Daire de Talsa est entrée dans la tente sans un bruit. Son frère Donnel s'est redressé dans le lit, comme s'il n'avait jamais dormi. Six yeux scrutent désormais Moïra, qui se sent, au centre de la tente, comme la pie dans la volière du dragon.

Daire poursuit :

« Les sœurs guerrières ont quitté leurs Temples pour appliquer l'ordre des Mères à travers l'Empire. L'Œcumaîtrise négocie ce qu'elle peut, c'est-à-dire les miettes. L'échec de leur tentative d'alliance avec la famille impériale leur a coûté très cher. Ils avaient tout prévu, sauf la disparition au dernier moment de leur candidate au trône.

— Vos parents, ils sont toujours…, essaie d'intervenir Moïra.

— Mais voilà que tout s'arrange ! continue l'autre, ignorant son intervention. Grâce à l'expédition triomphale de Mav d'Orab et de la courageuse Daire de Talsa, non pas un seul, mais les deux héritiers de la famille impériale ont été rescapés des geôles barbares. Et désormais que les hordes étrangères ont été confinées au-delà des frontières impériales, il ne reste plus à sire Aslander et dame Moïra de Thecel qu'à marcher triomphalement jusqu'au Palais, afin de reprendre des mains de la Magèstre le pouvoir qui n'aurait jamais dû leur échapper. »

Le ton de Daire a quelque chose de railleur, en plus de la morgue commune aux courtisans du Palais. Aslander, tête baissée, bras croisés, étudie le tapis entre ses pieds. Sur le visage de Donnel le sourire est toujours absent.

« Metteus et Geilis de Talsa ne sont pas revenus de ce côté-ci, reprend Moïra, à l'adresse cette fois du jeune homme. Votre père, votre mère sont restés sur l'autre face de la pierre.

— Ils ont cherché à me séparer d'Aslander, grommelle l'autre.

— Nous trouverons un moyen de les faire revenir », tempère sa sœur.

Donnel rit :

« Dans cette partie ou dans la suivante.

— Aslander, continue Moïra, est-ce que nous pouvons parler quelque part ? Juste toi et moi ? »

Quand il relève enfin la tête, son grand frère a les yeux humides. Moïra sent le nœud de son ventre se resserrer encore. Elle essaie d'invoquer d'autres images : Aslander blagueur, frimeur, furieux. Elle voudrait remplacer par ces souvenirs la scène à laquelle elle assiste, impuissante.

Le sourire que le prince tente est pitoyable, il dit :

« Pourquoi donc, petite sœur ? Tu peux tout me dire, ici. Nous sommes en famille, après tout. »

•

Bien que Mav d'Orab soit pressée de prendre la route, Moïra exige, à l'heure de démonter le camp, qu'on lui fasse chauffer un bain et lui fournisse des habits neufs. Après une courte hésitation, les gens d'armes s'empressent de lui obéir. Un baquet d'eau tiède est installé derrière des paravents de toile.

La jeune fille prend son temps pour se nettoyer et s'oindre. Elle fait un tas de ses habits de route, emballés dans le manteau qu'elle noue en paquet. Elle découvre en se séchant, sur le poignet de sa main droite, un nouveau signe bleu nuit à l'endroit où bat son pouls. On dirait un bout de crochet, la moitié d'un croissant de lune.

Lorsqu'elle reparaît, en habit de voyage aux couleurs du Palais, les gens du camp cessent leur activité le temps de la regarder passer. Le port noble, la tête haute, elle avance à grands pas. Sur son visage on ne lit que l'assurance et la détermination.

« Je suis prête, annonce-t-elle à la sœur guerrière qui la suit comme une ombre. Il ne me manque plus qu'un arc.

— Vous n'en aurez pas besoin. J'ai été affectée à votre protection.

— J'en suis ravie. Mais, en dernier recours, j'aimerais pouvoir me défendre par moi-même. »

La sœur hoche la tête sans répondre. Les pierres, plantées régulièrement dans le cartilage de son oreille, brillent d'un éclat froid.

« Je m'appelle Moïra. Toi ?

— Je suis Brona-Deir de la Petite École.

— Et quelle est ton arme, sœur Brona ? »

Pour toute réponse, la guerrière déplie la main et avance vers elle sa paume nue.

• • •

L'escorte, composée d'une cinquantaine de personnes, forme, une fois mise en route, une colonne compacte et bien ordonnée. Mav d'Orab va en tête, montée sur un étalon sanguin, s'échappant fréquemment pour repérer le chemin. Aslander et Donnel voyagent dans la seule voiture fermée, attelée à deux chevaux de trait. Moïra suit à pied, évitant la compagnie de Daire de Talsa, le plus souvent en queue de convoi.

La troupe est constituée d'une majorité de gens d'armes de l'Œcumaîtrise et d'une poignée de sœurs guerrières, chacun des deux corps militaires faisant son possible pour ne pas frayer avec l'autre. Une urgence inquiète les pousse en avant, tous paraissant avoir hâte d'en finir avec ce climat d'hostilité. Jamais le Palais de Thecel n'a paru aussi loin.

Peut-être allons-nous réellement vers le mieux, songe Moïra. *Que tout s'apaisera quand Aslander sera Empereur, quand bien même sous influence de l'Œcumaîtrise.*

Ils voyagent vite, par les chemins les plus directs, sans se préoccuper de trouver des guides ni prendre de renseignements. Mav d'Orab consulte de temps à autre la carte qu'elle garde autour du cou et évite avec méthode les bourgs et les villages. On ne croise que très rarement d'autres humains. Le mélange de pavois impériaux, de gens d'armes et de sœurs guerrières dans la caravane suffit à dissuader les importuns d'approcher.

En peu de temps, ils laissent derrière eux les paysages arides de Siumo et d'Edin pour entrer dans un pays de bois odorants et de collines caillouteuses. Là, au terme du troisième jour de route, Mav choisit de faire halte au bord d'une rivière. De longues granges ont été construites sur les berges. On dresse le camp à peine plus loin, en vue des bâtiments, et tandis que l'on s'affaire à monter les tentes et allumer les feux, Moïra voit l'Œcumaîtresse s'écarter pour retrouver près de l'eau un homme trapu en tenue d'ouvrier.

« Où sommes-nous ? demande-t-elle à sœur Brona, occupée avec elle à hisser une toile huilée.

— À la frontière d'Analog. »

Le nom, d'abord, ne lui dit rien. Sa consonance est familière, mais ne renvoie à aucune image, aucun souvenir.

« Et qui est cet homme ?

— Je ne sais pas. Un ingénieur de l'Œcumaîtrise, sans doute. Ce front n'est plus actif depuis au moins dix ans. »

Alors, Moïra se souvient. *Analog. La grande invasion.*

D'aussi loin qu'elle se souvienne, la guerre a menacé l'Empire des Sicles. Le conflit extérieur a toujours été une préoccupation lointaine, et Analog était un mot d'adulte, sans impact sur son quotidien. Cela fait des années qu'elle ne l'a pas entendu.

« Ce sont d'anciens baraquements militaires ? fait-elle encore, en pointant les bâtiments en déshérence.

— Pour les ouvriers, plutôt. Regarde là-bas. »

De son bras court Brona-Deir désigne une colline plus haute et raide que les autres, à peine visible au travers des arbres. L'éminence n'est couverte que d'arbrisseaux et de buissons bas, et sa forme paraît étrangement régulière.

« Qu'est-ce que c'est ?

— Le remblai. »

Et, devant l'air déconcerté de Moïra :

« Il faut bien la mettre quelque part, la terre qu'on extrait de ces foutus trous. »

•

La même nuit, Moïra installe sa couche sous les étoiles et se force à rester éveillée jusqu'à une heure tardive. Brona, sans commenter, s'assied à deux pas d'elle et demeure là, immobile, le regard perdu dans le lointain. Lorsque tout paraît dormir, la jeune fille se lève sans bruit. La guerrière, aussitôt, l'imite pour la suivre. Personne ne les retient ni ne les arrête. Moïra va droit à la colline découverte plus tôt, qu'elle entreprend de gravir.

La déclivité est très régulière, le sol compact sous ses pieds, étrangement dénué de grosses pierres. C'est un cône presque parfait, un terril gigantesque. Quand Moïra parvient, le souffle court, à en dépasser le sommet, elle découvre qu'il y en a d'autres, de l'autre côté, à droite, à gauche, certains plus hauts encore. Des dizaines de collines artificielles. Un monumental volume de terre, peu à peu reconquis par la végétation, et faisant comme une enceinte à la béance carrée qui s'ouvre au beau milieu.

À la place d'Analog, on a creusé un trou.

Moïra descend l'autre flanc du terril et s'approche. Elle continue de sentir Brona juste derrière elle. À chaque nouveau pas, l'excavation devant elle s'élargit, plus noire, plus insondable. Elle parvient au niveau d'une grande roue de bois couchée, bouffée par les mousses et les lierres. Cela ressemble aux poulies utilisées au Couvent pour hisser les visiteurs impotents. Brona la double et se plante un peu plus loin, les yeux rivés vers le fond du gouffre. Elles sont hors de portée de voix du campement. Elles pourraient appeler à l'aide sans être entendues. Moïra regarde le dos de la guerrière.

Une bonne poussée.

Depuis qu'elle a rejoint la troupe, c'est la première fois qu'une telle opportunité se présente. Mais elle sait aussi que ça ne peut être aussi simple. Les sœurs guerrières ne se laissent pas surprendre.

Faire descendre la Colère ?

La voix de Brona-Deir brise le silence :

« L'Œcumaîtrise ne sait voir les choses qu'en grand. »

Elle s'est encore approchée du trou et parle d'une voix claire. Elle explique :

« Quand cette pierre d'Analog est arrivée, il y avait dessus des villages entiers, des jardins, des temples de Faces Pâles. Tout un pays d'envahisseurs. Une île complète. Regarde, maintenant : il ne reste plus même le souvenir de ces lieux. Tout ce qui avait été bâti a été dispersé, partagé, pris ou détruit. Tout a été arraché et brûlé. Et ensuite, pour parachever leur œuvre, les Œcumaîtres ont encore fait le vide. Ils ont creusé la terre pour que la pierre cesse tout à fait d'exister. Si le cours de la partie venait à la ramener de l'autre côté, la mer d'Abacule la recouvrirait. C'est de cette façon qu'ils comptent faire cesser le jeu : en détruisant les pions adverses sur le plateau. »

Moïra la laisse parler. Elle a ramassé, dans la grande structure mécanique, un boulon de la taille d'un poing d'enfant que l'usure a fini de desceller.

« Et les sœurs ? Elles ne sont pas de cet avis ? relance-t-elle.

— Nous avons besoin de l'expertise des Œcumaîtres pour jouer chaque coup, mais nous ne servons que les Puissances. La fin de la partie approche et les Puissances désirent la victoire. La Grande Magèstre peut nous permettre de triompher. »

Moïra ne prend pas le risque de bouger, de laisser deviner ses intentions. Elle visualise le geste à venir, le mouvement de bras, la vélocité du projectile. Frapper à la tête, nulle part ailleurs. Il ne faut pas que son souffle varie, ni que son pouls accélère.

Il fait très sombre.

Je me cacherai jusqu'à ce qu'ils partent. J'irai sur les routes, je parlerai aux gens. Je leur ferai savoir la vérité.

Mais Brona-Deir est tout à coup face à elle, proche à la toucher, et sa main lui écrase le poignet.

« Deux héritiers pour un seul trône, ça ne sert à rien, dit la guerrière calmement. Je ne crois pas qu'on te chercherait longtemps, si tu venais à manquer. »

La prise est puissante, implacable, elle coupe la circulation, broie l'os. Mais lorsque Moïra ouvre la main pour lâcher son projectile, la poigne se desserre suffisamment pour que la douleur cesse aussitôt.

« Tu te trompes d'ennemi. »

Brona-Deir lâche tout à fait Moïra, recule d'un pas. Ensuite, sans quitter la jeune fille des yeux, elle défait un lien et laisse un paquet tomber entre elles.

« Sois sur l'autre bord d'Analog avant le matin et je te garantis que tu seras sauve. »

Le pouce de la guerrière revient d'un coup sous la mâchoire de Moïra, simple contact contre la carotide, à peine appuyé. Elle n'a rien vu du geste, ni pressenti son intention.

C'est déjà fini : la guerrière se détourne, va pour s'éloigner.

« Ne lève plus jamais la main sur aucune d'entre nous », fait-elle en matière d'au revoir.

•

Moïra remet ses habits sales, les vieux habits de route que Brona a emportés. Elle bourre ensuite d'herbes, de feuilles mortes et de branchages la tenue impériale qu'elle portait ces derniers jours, la tunique, le pantalon. Le trou est assez profond pour que le fond en reste invisible cette nuit. Elle y bascule le mannequin en réprimant un vertige puis, assise par terre, effondre à violents coups de talon le bord fragile de la fosse. Elle longe ensuite le trou à reculons, prenant soin de ne rien casser, effaçant ses traces. Enfin, quand elle estime s'être suffisamment éloignée, elle entreprend l'escalade d'un terril et accélère le pas.

Elle ne se cherche un abri qu'à l'aube, rampant sous les branches denses d'un arbre plat pour se rouler en boule et s'endormir, épuisée.

• • • •

Moïra marche dix jours, presque toujours seule. Du matin au soir, ses pieds foulent le monde avec régularité. Elle essaie parfois d'imaginer ce qui se trouve derrière, ce que cache l'apparente continuité de l'Empire des Sicles : les lumières, les odeurs d'Abacule.

Le temps se gâte. Des brumes montent en nuages, voilent le soleil. Jour après jour, le déclin de la lumière inquiète la jeune fille. Elle commence à chercher ses abris pour la nuit dès le milieu d'après-midi. Un soir, faute de meilleure option, elle est contrainte de se réfugier sous un pont et d'y attendre l'aube, grelottant dans sa couverture, gelée jusqu'au plus profond des os. Elle n'hésite plus, ensuite, à forcer des portes d'étable ou d'écurie pour coucher au moins dans la puanteur tiède des bêtes. Une fois aussi, alors qu'une neige mouillée s'est mise à tomber, elle se résout à frapper à la porte d'une ferme, prête à braver leur méfiance ou leur hostilité.

La ferme abrite une famille nombreuse et jeune, elle reprend son alias d'Yvine de Nira, mais personne ne s'intéresse à son histoire. On lui prête des chaussures d'intérieur, l'installe à une tablée bruyante pour partager avec elle une soupe épaisse et verte. Les paysans parlent des travaux en cours, les nasses, les ruches, les fromages et les enclos, les fumoirs, et le grand héron qui est revenu, comme chaque année à la même date. Moïra se laisse aller, grisée par les propos simples et le vin trouble. Elle a le plus grand mal à imaginer que ce pays dont ses hôtes parlent et dont ils connaissent chaque recoin, ce pays qui est comme un prolongement de leur maison et de leurs vies, ne soit qu'une pierre, qu'une pièce réversible et fragile d'un grand jeu dont ils ignorent tout.

Cette table est réelle. Cette grosse cruche de terre cuite, à l'anse fêlée. Ce petit pot à sel orné, que l'on a sorti spécialement pour elle. Cette main d'enfant qui manipule avec des soins maladroits une grosse cuillère en bois.

« Tu les as vus, les monstres, sur ton chemin ? demande sa petite voisine au crâne rasé.

— De quoi parles-tu ? »

La mère répond, de l'autre bout de la table :

« Les gamins du coin se montent la tête avec des histoires de loulous.

— De quoi ?

— De loulous. Ça vient des contes pour enfants. Des monstres volants à moitié oiseau, à moitié serpent, qui se nourrissent d'animaux vivants.

— Et y en a même qui crachent du feu ! renchérit un garçon.

— C'est pas que les gosses, interrompt le père.

À Egrelia, ils ont perdu deux têtes de bétail, enlevées en plein champ. Et Dermod m'a dit que la sœur de son père avait aperçu de ses yeux une bestiole grande comme une maison. »

Un silence excité tombe sur l'assemblée.

« Les loulous, ça n'existe pas, tente enfin la plus âgée des filles.

— C'est vrai, opine Moïra. Tu as raison. »

Elle dort profondément cette nuit-là, et rêve qu'elle vole au-dessus du monde, en compagnie de personnes indistinctes mais pour lesquelles elle ressent une profonde affection.

•

Moïra n'a plus peur d'avancer au hasard. Elle sait que lorsque le temps sera venu, il lui suffira de se joindre à un convoi pour retrouver le chemin du Palais. Elle sait aussi que les gens d'armes de l'Œcumaîtrise ne contrôlent que les voies principales, et qu'ils cherchent en priorité les Faces Pâles, les travailleurs saisonniers. Avec l'hiver qui arrive, la jeune fille se sent libre d'aller où elle veut. Elle n'hésite plus à se rapprocher des villages quand le froid se fait trop vif.

Un midi, elle croise sur le chemin un jeune homme menant devant lui un troupeau d'oies. Il frappe le sol d'une longue verge et chante au rythme de ses pas :

Derrière le monde, derrière le monde,
C'est là que mon amour est parti.

« Où as-tu appris cette chanson ? » lui demande Moïra.

Le grand gars s'arrête, rougit, et lui parle longuement, en phrases décousues, tandis que ses oiseaux s'égaillent, d'une troupe de bateleurs passée ici l'avant-veille. L'a particulièrement impressionné un Face Pâle, un enfant à peine, qui réalisait avec des renards dressés toutes sortes de prouesses impensables.

Moïra reprend la route dans la direction indiquée. La neige s'est remise à tomber, mais son pas est plus léger et sa marche joyeuse.

•

La caravane a fait étape dans un village perché du pays de la Deuse. Une dizaine d'habitations en pierres sombres y font corps avec la roche raide, énorme et hiératique, posée au milieu d'une plaine sans relief. De loin, dans le grésil, Moïra la prend d'abord pour une place forte, un château domanial et hésite à faire demi-tour. Mais au moment de sortir du chemin pour couper vers le fleuve, elle voit accourir vers elle trois petits animaux blancs : les renards dans leur pelage d'hiver. Derrière eux vient le garçon des îles d'Abacule, emmitouflé, la goutte au nez, souriant d'une oreille à l'autre.

« Ils ont senti que tu arrivais ! » clame-t-il.

Comme des chiots excités, les bêtes font fête à Moïra, sautent contre ses jambes, cherchent à lui grimper dans les bras.

« Pas à cette distance, dit la jeune fille, pas avec ce froid. »

Elle s'agenouille ensuite pour étreindre l'enfant.

« Je savais que tu les trouverais. Comment vas-tu ? »

Il ne répond rien, se blottit à nouveau contre elle. Quand il s'écarte, il la prend par la main et, de l'autre, fait le geste d'attraper les tout petits flocons.

« Je savais pas que c'était aussi léger, dit-il. Ni que ça existait pour de vrai. Tout n'est pas sec, chez toi. »

Et il prend le chemin du village, le long duquel les rares habitants dehors malgré l'intempérie le saluent de la main, d'un mot ou d'un coup de chapeau. Escorté des renards, suivi de Moïra pliée en deux, il paraît danser sur la terre gelée.

La cadette des Luaine les accueille dans la salle commune où ils se sont installés :

« Yvine, te voilà de retour ! Albin, enlève tes bottes avant d'en mettre partout. »

Moïra se tourne vers l'enfant.

« Albin ? »

Celui-ci baisse les yeux, honteux.

« Ici, tout le monde a un nom. Alors, comme je m'étais habitué à celui-là…

— Ne t'excuse pas. Ça me fait plaisir.

— Tiens, continue l'enfant qui a enlevé son manteau, regarde. »

Et il tire l'échancrure de sa tunique en laine pour lui révéler un bout de la peau très claire de son épaule. Moïra croit d'abord deviner une cicatrice, juste sous la clavicule. En y regardant de plus près, elle réalise que c'est une tache plus pâle encore, comme une dépigmentation, qui dessine une étoile à six branches.

« Qu'est-ce que c'est ?

— Une fleur d'ailleurs. »

Albin rit.

« C'est comme ça qu'on les appelle, chez nous. Et celle-là, en plus, elle ressemble vraiment à une fleur. »

Il profite ensuite de l'arrivée de Dagan pour partir s'affairer du côté des instruments de musique. Moïra sent le dresseur approcher avant de le voir, haut et large, lent parce que peu pressé.

« Tu as fait un long voyage, Yvine de Nira, dit-il. Et il est loin d'être terminé.

— Je suis ici, pour l'instant. Je suis contente d'y être.

— Moi aussi je suis heureux que tu sois là. Bienvenue.

— Il faut que je vous raconte…

— Nous prendrons tout le temps de parler, ne t'en fais pas. Commence par te retrouver. »

•

Moïra passe le reste de la journée sans sortir. Elle écoute le vent croître au-dehors et, chaque fois que la porte s'ouvre, se réjouit de ne pas être forcée de marcher dans le blizzard, de ne pas devoir chercher à tâtons un endroit où s'abriter.

Après le souper, sans se lever de table ni débarrasser, les bateleurs se mettent à chanter. Albin connaît plusieurs des refrains, et Moïra mêle sa voix aux morceaux qu'elle retrouve. Elle tape de bon cœur le rythme des danses contre le bord de son bol. La plus grande des Luaine, accompagnée d'une petite harpe, déplie longuement une complainte sur trois notes, répétitive et simple.

Je ne devrais pas m'attarder ici, songe Moïra. *Le sort de l'Empire se joue au Palais.*

Elle regarde la chanteuse : ses yeux fermés, son cou, son visage et ses mains. Tout un corps voué à la performance. *Peut-être est-ce une Puissance qui chante à travers elle*, se dit encore Moïra. *Peut-être qu'il est possible de faire aussi descendre la Beauté.*

La tempête cesse au milieu de la nuit, mais malgré le calme et le confort du havre, la jeune fille ne parvient pas à s'endormir tout à fait. Elle somnole, cernée de rêves menaçants, sursaute au moment de sombrer dans le sommeil. Très tard, elle découvre Albin accroupi près du feu, en train de tisonner les braises à l'aide d'une brindille.

« Viens », lui dit l'enfant.

Il est tourné vers elle, mais il fait si sombre que Moïra ne s'en est pas aperçue. Le bout de bois s'est embrasé. Une flamme jaune et orange brûle dans sa main.

« Que dis-tu ?

— Suis-moi. »

Albin se lève et traverse la salle commune où tout le monde dort. Moïra se drape dans sa couverture, enfile des chaussures pour le suivre sur les dalles froides jusqu'à la porte, qu'il pousse sans difficulté malgré la neige accumulée.

« Attends, chuchote-t-elle, avisant ses pieds nus, tu ne vas pas…

— Viens derrière moi, Moïra de Thecel. J'ai des choses à te dire. »

Albin lève le brandon dont la pointe rougit dans le courant d'air, puis celui-ci s'embrase d'un coup avec un éclat blanc, aveuglant, un crépitement soudain, avant de se déliter aussitôt en myriades d'étincelles rousses.

Cette voix.

« Qui veut me parler ? demande Moïra, feignant l'assurance. Et pourquoi maintenant ?

— Je suis la Vérité, répond la bouche du Face Pâle. Je choisis moi-même l'heure de me manifester. »

L'enfant, pieds nus, marche sur la neige fraîche sans s'y enfoncer. Moïra, derrière, lutte pour avancer. Ils montent, sans parler, jusqu'au sommet pelé du roc de la Deuse.

La nuit est bleue et pure. Le ciel lavé de nuages vibre d'étoiles. La neige luit faiblement, creusée par les pas laborieux de Moïra. Albin paraît plus blanc encore, livide et froid comme une lune, tandis que de sa bouche sortent les mots de la Puissance :

« Combien de vies sous le soleil ? Combien d'espèces ? Combien de désirs et de façons de voir le monde ? Dix ou douze sont les Puissances. Trois règnes se disputent la souveraineté des Sicles et en chacun d'eux cent écoles, cent dissensions, cent schismes. Abacule est un archipel infini d'incertitudes et de contradictions, une assemblée bavarde dans laquelle tout jusqu'à l'arbre, jusqu'au sable, jusqu'au vent a sa voix. Qui pour faire la somme de tous les rêves ? Qui pour noter chaque action et chaque conséquence ? Qui pour dresser la carte de tout ce qui est ? »

La jeune princesse est enfin arrivée au niveau de l'enfant. De la neige a passé à l'intérieur de sa botte, elle fond au contact de sa peau. Il fait si froid, cette nuit. Albin la fixe, les yeux écarquillés : son regard vient de loin, il passe à travers elle.

« Voilà ce à quoi les hommes s'affairent, poursuit la voix, effrayés par tout ce qui les dépasse en taille, persuadés qu'avec méthode et patience ils pourront circonscrire le désordre. Ils refusent d'entendre ce message simple, la seule chose que je cherche à leur transmettre : il n'y a qu'un seul monde. Il n'y a qu'un seul ordre.

— Il y a l'Empire des Sicles, tente Moïra. Il y a Abacule.

— L'un et l'autre sont une seule chose. Les pierres noires sont blanches. Les pierres blanches sont noires.

— Alors pourquoi le jeu, si l'un et l'autre se valent ?

— Le jeu organise le chaos. À travers chaque partie, l'univers se révèle au travers d'un nouvel équilibre. Sur la totalité du temps, le jeu explore tous les possibles du monde.

— Je ne comprends pas pourquoi vous voulez me parler. »

Moïra est épuisée, transie. Elle a peur pour Albin, qui paraît dévoré d'un feu intérieur terrible. Personne ne devrait accueillir une Puissance aussi longtemps. Moïra voudrait ne rien entendre de plus, mais la Vérité poursuit :

« Il n'est pas prévu que les humains viennent se mêler de ces affaires. Nous vous laissons être les jouets à votre guise mais jamais, cependant, vous ne devez devenir joueurs.

— Je n'ai rien fait.

— Tu n'as rien fait encore.

— Dites-moi comment me comporter et j'obéirai. Laissez cet enfant.

— Tu obéiras. Sans condition. »

Tout est si net, si dessiné.

Les étoiles semblent proches à toucher la neige. La peau d'Albin se confond avec les roches grises et douces qui émergent ici. Le froid, d'un coup, semble avoir saisi l'enfant, il tremble brutalement, s'effondre. La jeune fille parcourt les derniers pas, la distance prudente qu'elle avait laissée entre elle et lui, se penche pour le prendre à bras-le-corps, le soulever. Il paraît lourd, gémit quelque chose quand il la tire à elle, yeux fermés.

Elle n'entend pas les mots.

« Viens, dit-elle, on va se remettre au chaud.

— Où est ta mère ? répète l'enfant, distinctement cette fois.

— Quoi ?

— Ta mère. Je te le dis, si tu veux.

— Albin, non… », hoquette Moïra.

Elle sait bien, pourtant, que ce n'est pas lui. Que la Puissance a rusé pour la faire approcher et la tenir contre elle. Il lui faudrait s'écarter, ne pas écouter les mots, faire demi-tour, s'enfuir.

Je ne peux pas.

Moïra refuse de lâcher son ami : son souffle à elle est la seule chose à pouvoir réchauffer le petit corps. Prise au piège dans cet espace minuscule. La voix poursuit, douloureusement chuintante :

« Ta mère a jeté ses bijoux dans le puits, dit-elle.

Elle a brûlé ses habits. Elle a renié son nom. Puis elle est partie. Tu n'avais pas trois jours que ta mère était déjà loin du Palais. Elle a marché tout droit une année entière en ne pensant qu'à toi. Après quoi, elle t'a oubliée.

— Non.

— Ta mère ne veut rien savoir de toi. Elle n'est pas curieuse. Elle n'est pas triste. Elle t'a remplacée dans sa mémoire. À la place de Moïra, il y a en elle un caillou doux et poli. Ta mère n'est pas malheureuse d'être sans toi. Elle ne se sent pas coupable. Elle ne vit pas dans l'attente. Son esprit est en paix : elle sait que vous ne vous reverrez jamais.

— Arrête. »

À chaque réplique, la jeune fille se sent se raidir, électrisée de haine. Elle voudrait s'arracher les oreilles.

« On ne lui a rien expliqué. Mise devant le fait accompli. C'est ainsi que la vérité se pratique chez les humains : on prétend qu'elle est malléable, qu'elle est subjective. Qu'on peut jouer avec. C'était un arrangement comme il s'en pratique à la cour de l'Empire. Une alliance de circonstance entre les sœurs guerrières et la famille impériale. Le pouvoir, peut-être, se paie à ce prix-là.

— Tais-toi.

— Ta mère n'a jamais aimé ton père. »

Moïra voudrait que la voix se taise pour toujours, que le souffle sournois s'étrangle.

« Ce n'est pas la vérité, dit-elle.

— La Vérité ? Qui es-tu pour salir ce mot de ta bave ? »

Je sais comment la faire taire.

Le petit corps du Face Pâle, dans les bras de la princesse, est frêle, abandonné. Les mains de Moïra enserrent la gorge d'Albin.

« Personne n'attend rien de toi. Personne ne te regarde de loin avec amour. Personne ne te souhaite de réussir. Cette présence qui t'accompagne, ce manque que tu nourris, cette main sur ton épaule : rien de cela n'a jamais existé que dans ton imagination. »

Moïra sent ses doigts qui pressent et voit la Puissance à travers l'enfant lui sourire, ironique.

« Tu es née seule. »

Les grands yeux d'Albin s'ouvrent, pleins de larmes, mais la voix continue et grince :

« Tu vis seule. »

Moïra est furieuse. Moïra est terrifiée. Elle ne se contrôle plus. La Vérité jubile :

« Tu meurs seule. »

Mais quelque chose, soudain, se dénoue.

Ça ne vient ni d'elle ni de l'enfant. Ce n'est pas non plus la Puissance, entre eux. C'est un souffle, peut-être simplement le vent. Des sons inarticulés dans lesquels Moïra croit entendre un mot qui la délivre.

S'il te plaît.

« S'il te plaît », murmure le monde.

Moïra desserre son étreinte. Albin inspire avec un sifflement affreux, tousse. Elle le soutient, le frotte, le secoue, le cajole. Et quand il respire à nouveau à peu près, elle l'aide à se hisser sur son dos. Les petits pieds nus sont rouges, les lèvres violettes, Albin articule, de sa vraie voix :

« Je suis désolé. »

Et elle :

« Non. Ne dis jamais ça. Ce n'est pas toi. Excuse-moi.

— Ce n'est pas toi non plus. »

Dans la maison où ils reviennent, tout dort encore, de ce sommeil profond et paisible des nuits de neige. Moïra et Albin font repartir le feu, mangent un peu, se laissent chauffer par la flambée.

Il n'est plus question, pour eux, de dormir ni de parler jusqu'à ce qu'un nouveau jour soit là.

•

Vers midi, le lendemain, des gens d'armes passent sur la route en contrebas. Un grand soleil fait étinceler la plaine, et tout, sous la couche blanche, paraît neuf et doux. Moïra accompagne Dagan et les renards au fleuve, pour pêcher dans le trou de glace. Les soldats de l'Œcumaîtrise les avisent de loin et les invitent à se présenter.

« Dagan de Danac. Yvine de Nira. Nous sommes bateleurs itinérants.

— Vous êtes musiciens ?

— Nous connaissons quelques airs, pourquoi ? »

Le vent, de loin, porte des sons de cloches.

« Mettez-vous en route. Tous les chanteurs de l'Empire sont attendus à la fête.

— Quelle fête ? demande Moïra.

— Le sacre de sire Aslander, fils et héritier de sire Laserian de Thecel. L'enfant prodigue est rentré au Palais et réclame pour lui le trône impérial. La Grande Magèstre qui assurait jusqu'ici la régence lui rendra le pouvoir d'ici à une onzaine. Au terme de la cérémonie commencera un nouveau règne sur tout l'Empire des Sicles.

— Soyez présents, continue le second émissaire de l'Œcumaîtrise. Si vous êtes doués, vous serez hébergés et nourris au Palais, et récompensés en fonction de votre succès. Il convient de faire de cet événement une fête inoubliable.

— Merci de nous en avoir informés, acquiesce Dagan. Voulez-vous monter vous réchauffer ? »

Moïra regarde le grand borgne avec inquiétude.

Quelle dangereuse proposition.

Si Albin n'a pas vu les gens d'armes arriver, ceux-ci risquent de le découvrir.

« Merci, finit par dire le premier homme, après une longue hésitation. Nous allons poursuivre. Notre journée ne fait que commencer.

— Alors bonne route, les salue le dresseur de renards. Et revenez nous voir si vous changez d'avis. »

Il prend ensuite Moïra par l'épaule pour l'envelopper dans le grand pan tiède de son manteau. Ensemble, à pas mal ajustés, ils descendent jusqu'au cours d'eau gelé, au bord duquel les bêtes attendent déjà.

« Qu'est-ce qui te rend triste ? » finit par demander Dagan.

Moïra prend beaucoup de temps avant de répondre. Avec un gros caillou, à gestes rendus maladroits par les gants, elle casse les langues de glace qui se sont reformées au bord du trou pendant la nuit. Elle installe ensuite la ligne, en faisant attention de ne pas se griffer aux hameçons que le dresseur vient de garnir d'appâts.

Elle se tourne vers lui enfin, visage plissé par la lumière éblouissante.

« Le changement, répond-elle. Je regrette de ne plus être triste pour les mêmes raisons. Je m'étais habituée à mes chagrins et ne croyais pas qu'ils pourraient un jour devenir différents. »

Dagan opine avec un sourire, ni ironique ni condescendant. Il s'accroupit ensuite à côté d'elle et dit :

« On va t'accompagner, princesse. Toi et nous, le gamin, les animaux, tout le monde. On va venir avec toi pour découvrir ce qu'il y a au bout de cette histoire. »

•
•
•

Il reste huit jours de route entre le domaine de la Deuse et les terres palatiales, mais le temps est froid et clair et la neige reste dure, même en plein midi. À mesure que la caravane approche, les habitats se font plus denses, les routes mieux dégagées, l'effervescence plus vive. De halte en halte, d'auberge en salle commune, les voyageurs sont accueillis avec enthousiasme et joie. Depuis combien de temps l'Empire ne s'est-il pas senti aussi fort et aussi uni ?

On n'a pas souvenir, de vie d'homme, de pareille occasion. Laserian avait succédé sans heurt à son demi-frère, et chacun des deux vénérables monarques avait régné plus de trois décennies. On venait de traverser une crise inédite et de grandes inquiétudes. Le retour d'Aslander, que l'on avait cru péri au front, et l'annonce de son sacre étaient un soulagement inattendu.

L'interrègne tirait à sa fin. L'énigmatique et

inquiétante Grande Magèstre retournerait dans son Couvent. Sans qu'on ose encore le formuler, le peuple se répétait tout bas la prévisible nouvelle : la guerre elle-même tirait à sa fin. Thecel avait vaincu les barbares. Le règne d'Aslander serait empire de paix.

Les bateleurs arrivent en vue du Palais trois jours avant la date de la cérémonie. Les flèches les plus hautes brillent de givre et le font sembler à un bloc de cristal étincelant dans le lointain. Moïra étudie le visage d'Albin, essaie d'y deviner l'excitation, l'émerveillement qu'elle-même ressent.

L'enfant clair demeure cependant impassible.

« Là-bas, insiste-t-elle. Tu vois ?

— Oui.

— Et tu ne le trouves pas beau ?

— On dirait Miryi. »

La jeune fille regarde à nouveau le Palais, son surgissement vertical au-delà de la masse noire et glacée de la forêt. Albin a raison. On dirait un double brillant, habité, de la cité abandonnée. Une île surgie de la terre impériale comme des flots d'un océan.

•

Ils parviennent aux murailles le lendemain dans la matinée, et c'est la première fois que Moïra voit les routes aussi encombrées. Des milliers de personnes, venues de tout l'Empire, se bousculent aux entrées, attendant d'être autorisées à l'intérieur, guidées vers des logements, des abris, des écuries pour les bêtes de somme. Quantité de visiteurs refoulés mais décidés à rester sur place jusqu'au sacre ont dressé de grands camps de fortune non loin des enceintes. Des voisins, profitant de l'aubaine, y vendent à manger et à boire, et dans cette ville éphémère née aux portes du Palais, on se rencontre et joue, on boit, on cause. Toute la population de l'Empire semble frayer ici dans une entente euphorique. Des sœurs guerrières provoquent en duels amicaux de nobles maîtres d'armes, des gens d'armes de l'Œcumaîtrise se saoulent en compagnie de nautoniers ou de tâcherons.

Partout, les bateleurs sont accueillis avec enthousiasme. On veut admirer les prouesses des renards dressés, qui non seulement comprennent les mots de l'enfant à face pâle, mais sont capables de résoudre des calculs, de tracer des dessins dans la boue. On veut voir les bêtes surgir et disparaître du manteau du grand borgne, mais aussi entendre chanter les marches de route et les oraisons funèbres, les cantiques aux Principes des trois sœurs vêtues de bleu et de jaune. C'est à peine si on prête attention au dernier membre de la troupe, resté en retrait, capuche baissée, qui semble chercher quelqu'un dans le grouillement des badauds.

Moïra observe le public, elle attend qu'apparaisse un visage familier, une clé pour entrer avec ses compagnons. Après trois représentations successives, alors qu'ils s'apprêtent à replier les couvertures qui leur tiennent lieu de scène, elle aperçoit enfin une figure familière. La femme est très grande et mince, la jeune fille ne sait plus son nom mais sait qu'elle œuvre dans les appartements impériaux, un chambellan, peut-être, une maîtresse de rang.

« Celle-ci », glisse Moïra à l'oreille d'Albin.

L'enfant ne répond rien, ne tourne même pas la tête, mais le plus petit des trois renards bondit bientôt de son épaule où il était perché pour aller faire le beau devant la dame. Elle s'accroupit, amusée, et la bête lui lèche une main, s'esquive quand elle fait mine de le caresser. Il lèche ensuite l'autre main, fuit à nouveau. Le public s'assemble autour de la grande femme, qui essaie cette fois de toucher le renard de ses deux mains. La bête file, saute sur son bras, escalade son épaule et grimpe sur sa tête. La dame se relève, le renardeau en équilibre sur son crâne.

« À qui est cette merveille ? » demande-t-elle à la cantonade.

Et quand Dagan lève le bras, elle invite :

« Je vous choisis, vous et lui. Vous ne pouvez manquer à la fête.

— C'est que je ne suis pas seul », fait-il en désignant le reste de sa troupe.

La dame paraît hésiter, mais le renard se laisse couler au sol, court vers son maître avec une cabriole et un glapissement bref. Deux autres bêtes apparaissent, surgies l'une du manteau du grand borgne, l'autre de la robe de la plus jeune des Luaine, et le rejoignent pour lui faire fête.

Le public rit. La grande femme acquiesce.

« Suivez-moi tous. »

La foule compacte s'écarte devant eux.

Dernière de la file, la princesse de Thecel entre au Palais la mine basse, par le goulot d'une entrée de service.

•

Le soir venu, assurée que ses compagnons sont à leur aise dans une salle des premiers niveaux, Moïra s'éclipse. Elle connaît bien ce coin de bâtiment et sait comment rejoindre les escaliers principaux en évitant les halls trop fréquentés. Une fois dans les étages, elle espère trouver une entrée au réseau de passages secrets jadis parcourus avec Kai.

Moïra avance aussi discrètement qu'elle peut, d'un pas vif et amorti, choisissant les voies moins éclairées, s'arrêtant à chaque coin pour tendre l'oreille. La fête a amené jusque dans ces couloirs excentrés des lots de curieux et d'étrangers, de nobles provinciaux ivres revenant des réserves, de badauds égarés. Elle est si attentive à sa progression qu'elle met un moment à réaliser qu'elle est suivie. Après avoir tourné un angle, elle fait volte-face pour confronter le fouineur.

« Albin, souffle-t-elle, une main déjà dressée.

— Je ne pouvais pas te laisser toute seule, chuchote-t-il en réponse.

— Suis-moi à la trace et ne dis rien. »

Ils esquivent une brigade de cuisine, aiguillonnée par les ordres sifflés d'un chef, parviennent aux escaliers sans plus de difficulté, montent jusqu'à une petite porte, qui ouvre sur une coursive surélevée. Pliés en deux pour disparaître derrière la balustrade, ils traversent ainsi, au niveau du plafond, une salle de réception pleine à craquer, d'où monte le brouhaha de dizaines de conversations simultanées. Moïra s'arrête devant un pan de marqueterie large comme elle et deux fois plus haut. On distingue mal ce que représente l'entrelacs de tuiles de bois clair et de bois sombre : des fleurs, des animaux imaginaires. La jeune fille tâtonne. Des éclats de voix parviennent jusqu'à eux. De part et d'autre de leur mezzanine, les portes d'accès peuvent s'ouvrir à tout moment.

« Je l'ai », dit Moïra.

Elle disparaît dans l'épaisseur du mur par le panneau qui vient de pivoter, Albin la suit et referme derrière eux. Une petite lumière point dans les ténèbres, puis le grésillement d'une torche.

« Où on va ? veut savoir l'enfant.

— Voir le printemps. Retrouver une amie. »

•

Il fait tiède dans la serre illuminée de lanternes, emplie de l'odeur dense des arbres. Albin s'avance, émerveillé, dans l'étrange forêt d'intérieur, confinée par l'hiver sous une verrière occultée de neige. Des grandes fleurs pâles pendent par grappes. Des feuilles mortes, larges, tombent avec des bruits mous. Un robinet glougloute à l'amont d'une vasque.

Moïra avance dans les ombres projetées sans oser appeler. L'enfant, confiant, s'éloigne pour grimper sur le bord d'un bassin, marcher d'une pierre sur l'autre, guetter les alevins et les têtards parvenus ici on ne sait comment. La jeune fille regrette d'être montée si vite, de ne pas avoir pris de précaution, de ne pas s'être armée.

Kai a peut-être été inquiétée, après ma disparition. Peut-être a-t-elle dû parler de la serre.

Un froufrou la fait sursauter : une pie, la pie aux messages, passe au-dessus d'elle dans un ballet noir et blanc, file entre les branches, plonge, disparaît. Moïra écarte un bouquet de lianes et Kai apparaît, l'oiseau perché sur sa main tatouée, repliée comme un gant de fauconnier. Albin s'avance sans chercher à se cacher.

« Qu'est-ce que tu fais ? lui demande l'enfant.

— Je murmure, répond la cartographe, sans manifester la moindre surprise de le voir surgir. C'est un art que j'ai appris de ton côté du monde.

— Je fais la même chose avec les renards, approuve Albin. Mais comme ce sont des animaux dressés, je n'étais pas sûr que ça marchait vraiment, de ce côté-ci.

— Il n'y a aucune raison à ça. Les règles sont les mêmes dans tout l'univers.

— Alors pourquoi est-ce qu'il n'y a pas de Principes en Abacule ?

— Il y en a. Simplement personne n'en a encore trouvé l'utilité. Approche. »

Albin vient s'asseoir à côté de la femme. Tête penchée, il dit des choses très bas à la pie. Au bout d'un instant, celle-ci s'en va à tire-d'aile. Kai tourne la tête et fixe Moïra dans les yeux jusqu'à ce qu'elle ait parcouru les derniers mètres qui les séparent.

« Comment ça s'est passé ? » veut savoir la cartographe.

Et, comme elle ne répond rien :

« Tu as grandi. Tu as souffert. Tu t'es fait un ami. »

Moïra détourne la tête, elle étudie les dessins des écorces, les mousses qui pendent des branches et tremblent.

« Le plus dur reste à faire, cependant. »

Kai passe un bras autour des épaules d'Albin, change de ton pour lui parler :

« Est-ce que tu connais le jeu des Mines ? demande-t-elle. On y joue avec des pierres bicolores. En fonction de l'endroit où on les pose, on peut retourner des pierres adverses pour qu'elles marquent notre propre couleur.

— Tout le monde connaît ce jeu, sous ce nom ou sous un autre, fait l'enfant.

— Et tu es fort ?

— Plus que la princesse. »

Kai a un petit rire, mais Moïra ignore si c'est à cause de la déclaration ou parce qu'il l'a appelée princesse.

« Ton adversaire sera autrement plus aguerri, reprend Kai, sérieuse. Mais tu auras toute une nuit pour réfléchir à ton coup. »

•

Une lampe brûle jour et nuit dans la bibliothèque déserte.

Albin, Kai et Moïra entrent sans bruit, avancent jusqu'à distinguer le plateau de jeu en entier. La jeune fille ne se souvient pas bien de la partie, mais il lui semble que les positions blanches et noires n'ont pas beaucoup évolué. Les rayonnages paraissent trop proches, refermant autour d'eux un hexagone exigu.

Sur les bords du grand plateau, dans un compartiment presque vide, une demi-douzaine de pierres attendent encore d'être posées.

« La partie est presque terminée, observe Albin.

— Qui gagne ? demande Kai.

— Noir a l'avantage.

— Tu joues blanc. »

L'enfant se penche pour ramasser une pierre mais il l'a à peine saisie que des pas approchent et raclent, déjà beaucoup trop près. La poignée joue presque aussitôt sans que la porte s'ouvre. On entend le cliquettement d'un trousseau, le frottement de la tige dans le trou. Tandis que la serrure joue, le panneau de bois du passage secret se referme derrière les intrus.

Dans la pénombre de leur cachette, Moïra colle son œil au judas.

La Grande Magèstre entre dans la pièce. Elle est escortée d'une sœur guerrière trapue à la démarche familière. *Brona-Deir.*

Toutes deux vont au plateau sans mot dire. Kai tire Moïra par la manche une première fois, puis une seconde, plus fort. Seule une fine couche de bois ornée sépare la princesse de la régente. Il faut filer.

« Qu'y a-t-il, Grande Magèstre ? » demande la sœur guerrière.

La vieillarde a levé le nez et regarde alentour. Elle ne bouge que la tête, lentement. Humant l'air. Moïra retient son souffle. Sans pouvoir décoller son œil de l'oculus, elle voit la Magèstre avancer sur elle, lentement, comme si elle glissait contre le sol. Mais au moment où la vieille lève la main pour toucher le panneau coulissant, la guerrière l'interpelle sur un ton pressant :

« Il manque une pierre. Quelqu'un est venu. »

La vieille se détourne, hésite. Revient au jeu.

« Bien, dit-elle au bout d'un temps qui semble à Moïra exagérément long. Il ne reste donc qu'à attendre le présomptueux qui oserait revenir pour jouer son coup. »

•
•
•
•

Avant même le lever du soleil, au matin du sacre, l'ensemble du Palais est sur le pied de guerre. Jamais, de mémoire d'homme, les murs de la cité capitale n'ont accueilli autant de visiteurs. Jamais célébration n'a paru si importante.

Gardes et gens d'armes contiennent tant bien que mal les milliers de visiteurs au-delà des enceintes, même si une portion d'entre eux toujours plus grande a fini par réussir à se glisser à l'intérieur. On se faufile par les entrées annexes, les souterrains secrets et jusque par les canaux d'évacuation des eaux usées. Les ailes du Palais laissées à l'abandon depuis des siècles reprennent soudain vie. Des braconniers revêtent les habits de bal pris dans les penderies, abouchent les instruments de musique endormis dans leurs feutrines et dansent dans la poussière d'immenses salles parquetées. Les commis de cuisine, saoulés de requêtes, abandonnent leur poste pour se joindre à la fête, emportant les alcools à flamber. Une folie joyeuse semble avoir gagné le monde.

Dans les appartements impériaux règne un calme tendu. Les sœurs guerrières assurent un contrôle strict des entrées et sorties. Au bas de l'escalier, Moïra estime ses chances de succès. Elle sait que, même en jouant de surprise, elle ne pourra prendre ces combattantes de vitesse que quelques instants. *Passer par les murs?* Là aussi, les risques sont élevés. Éventer le secret du dédale, c'est risquer leur unique chance de parvenir à la salle du plateau.

Elle voudrait réussir à prévenir Aslander. Ne pas qu'il croie à une trahison ou n'imagine pire : une tentative de le supplanter. Moïra aimerait ne pas avoir besoin de lui parler. Que la confiance entre eux n'ait jamais été rompue. Elle s'éloigne du bas des marches quand elle entend venir. De vieilles ermites approchent, les pieds nus, le visage couvert de cendre blanche. Elles parlent doucement, mais Moïra ne peut s'empêcher d'entendre :

« Si la Grande Magèstre persiste à rester introuvable, la passation risque d'être contestée. On pourra prétendre à un coup de force de l'Œcumaîtrise et de la famille impériale. »

•

« Elle est restée juste à côté du plateau avec sa garde du corps. Je ne crois pas que ni l'une ni l'autre n'aient fermé l'œil de la nuit. »

Kai est descendue avec deux miches de pain, un bol de beurre et des fruits au sirop pris dans une cuisine. Elle a, en chemin, vérifié que l'accès à la bibliothèque leur était toujours interdit. La troupe est réunie autour de la cartographe, proche à se toucher. Seul Albin demeure en retrait : à force d'être serrée, la pierre est devenue tiède dans son poing. L'enfant non plus n'a pas beaucoup dormi.

« Je ne crois pas que la Grande Magèstre descende à la cérémonie, confirme Moïra.

— On va devoir l'y forcer, affirme Dagan.

— De quelle manière ?

— En empêchant Aslander d'accéder au trône, propose Kai. Si le trône reste vacant, la Magèstre sera obligée de le réclamer pour elle-même avant de risquer de se faire doubler par l'Œcumaîtrise.

— Et comment fait-on ça ? »

Suit un court silence, brisé par la benjamine des Luaine :

« Il y a peut-être plus simple. On pourrait ordonner à la Magèstre de se rendre au sacre. »

On la regarde, incrédule. La jeune femme tousse pour s'éclaircir la voix puis continue, hachant les mots :

« Je suis l'Ordre, articule-t-elle. Je suis sans patience et commande à ma servante de paraître.

— C'est un blasphème ! s'écrie Moïra.

— Et c'est très risqué, estime Dagan.

— Il faudrait être sûr que tout le monde l'entende, insiste la plus âgée des Luaine.

— Ça, c'est pas le plus difficile, conclut Kai. Vous êtes des bateleurs, oui ou non ? »

•

Les grands de l'Empire ont été hissés sur l'estrade couverte de fleurs, selon leur rang. Au degré le plus haut, au milieu d'une longue table, est assis Aslander de Thecel, en tunique simple, l'air hébété. À sa droite se tient Donnel de Talsa, son compagnon, et à sa gauche la nonce Mav d'Orab, éminence grise. De part et d'autre sont assis deux vieilles et deux vieux, les Sages de l'Œcumaîtrise. Les places réservées aux Magèstres sont vides. Au-delà de la table d'honneur, légèrement surélevée, il y a le siège en bois bicolore magnifiquement orné, qui est le trône de l'Empire des Sicles : les rubans entrelacés, sculptés dans la masse, dessinent des milliers de chemins inextricables. Courtisans, badauds et curieux se pressent, impatients d'approcher, de participer à ce moment de liesse.

Derrière le monde, derrière le monde,
C'est là que mon amour est parti.

Une voix claire, puissante et pure, s'élève et tranche le brouhaha. Dès le deuxième vers, elle est reprise en harmonie, doublée, triplée.

Derrière le monde, derrière le monde, poursuivent les chanteuses, que l'on aperçoit maintenant.

Je le suivrai aussi.

Elles avancent en file indienne, de la plus petite à la plus grande, en tenue jaune et bleu, suivies d'un homme voûté en manteau multicolore.

Les gens d'armes font mine de les arrêter alors qu'ils approchent de l'estrade.

« Laissez passer, leur fait dire Aslander. Je voudrais la chanson tout entière. »

Et, à Donnel :

« Je ne l'ai plus entendue depuis que je suis enfant. Ces artistes ont touché juste. »

Dagan et les Luaine arrivent au pied de la table haute, font des révérences, sortent leurs instruments. Mav d'Orab les scrute. Elle a senti le piège mais n'en comprend pas encore la nature. Les musiciens s'asseyent. La salle s'est faite plus calme, attentive.

Un cri, soudain, sort de trois gorges en même temps :

« Où est-elle ? scande la voix puissante. Pourquoi ne vient-elle pas ? Je suis l'Ordre et je n'accepte aucune excuse. »

Moïra voudrait assister au reste de la scène, mais c'est le signal. Poussant Albin devant elle, elle quitte le hall de cérémonie pour se précipiter vers la salle du conseil voisine. Derrière la tapisserie, elle a laissé une chatière entrouverte afin d'accéder aux passages secrets.

Il faut que ça marche. Il faut que la Magèstre quitte la bibliothèque, sinon…

Mais Albin se fige sur le seuil de la pièce.

« Demi-tour ! » hoquette l'enfant.

Trop tard. Moïra manque de heurter de plein fouet le jeune homme qui leur barre la route, épée au poing, et saisit de l'autre main l'enfant par son col.

« Qui êtes-vous ? fait-il. Que venez-vous faire ici ? »

Moïra le reconnaît.

« C'est moi, Nal. C'est Moïra. »

Elle abaisse sa capuche. Ses cheveux sont courts et emmêlés, son regard a durci, mais c'est bien elle. Nal baisse sa garde.

« Mais que fais-tu…

— Pas le temps, réplique Moïra. Lâche-le. »

Et, une fois Albin libéré :

« Tu vas venir avec nous. »

•

Kai les attend dans les murs, au carrefour de trois passages.

« La vieille vient tout juste de filer. Elle est folle de rage. La guerrière est restée. »

Avisant Nal :

« C'est qui, lui ?

— Un ami, explique Moïra. Il va faire diversion. La Magèstre n'a pas barré la porte, si ?

— Je ne crois pas. »

À l'adresse du jeune Œcumaître, confus, elle explique, d'un ton factuel :

« Tout ce que tu as à faire, c'est entrer dans la bibliothèque. Tu ne réponds à aucune question. Si on te menace, tu te contentes de lever ton épée.

— Mais…

— Fais ce que je te dis et tout se passera bien. »

À Albin :

« J'espère que tu sais quel coup jouer. Maintenant, allons-y. »

•

Les murs du Palais sont épais, ils étouffent les sons et obstruent la vue. Moïra donnerait cher pour savoir ce qui se passe dans le hall de cérémonie, ou entendre les pas de Nal qui approchent de la bibliothèque. Il n'y a aucune façon de savoir si le plan se déroule comme prévu. Dans le noir, l'œil collé au judas, elle observe le dos de Brona-Deir. La guerrière est immobile, calme comme un rocher. Le cœur de la princesse bat à tout rompre.

À un signal imperceptible, Brona se met en mouvement. Elle se coule le long d'un rayonnage, s'arrête à côté de la porte, dissimulée par un meuble. Quand l'huis s'entrouvre sous la poussée prudente de Nal, la sœur combattante frappe sans attendre, d'une simple allonge du bras. Le tranchant de sa main heurte l'épée au niveau de la garde, l'arme tombe des doigts du jeune homme. La seconde suivante, Brona-Deir lui a saisi le bras qu'elle tord dans son dos, le jetant à terre de douleur.

« Qui t'envoie ? » fait-elle à son oreille.

L'instant d'après, elle l'a lâché pour pouvoir se retourner.

Trois intrus ont pénétré dans la bibliothèque par un passage dissimulé. Une femme corpulente aux cheveux teints. Un Face Pâle, enfant. Et la princesse de Thecel, tournée vers elle, arc bandé. Brona se tend.

Moïra sait que la guerrière ne lui laissera aucune seconde chance. Qu'elle doit frapper pour tuer. *Tire !* La flèche part à peine trop tard, éclate contre la dalle de pierre à une paume de la tête de Nal. À l'instinct, l'archère encoche un deuxième trait. Si Brona ne lui a pas encore brisé la nuque c'est que ce n'est pas sur elle qu'elle fond, mais sur Albin. Le plateau est entre eux, la guerrière doit le contourner, perd un instant précieux. *Cette fois : tue !* La deuxième flèche vole, s'enfonce jusqu'au bois dans le dos d'un volume relié. Encore raté. La main de Brona, comme un tranchet, va pour s'abattre et Albin, penché sur le jeu, pierre à la main, ne voit rien venir.

« Attends. »

Ça ne sonne pas comme un ordre, pourtant : un murmure, à peine. À trois pouces de l'enfant, le geste de la guerrière s'interrompt.

« Attends encore », insiste Kai à l'oreille de Brona-Deir.

Moïra voit la main de la guerrière trembler, clouée en plein air.

Albin, concentré, comme indifférent, pose la pierre en plein plateau, côté blanc vers le haut.

Il prend ensuite un instant pour étudier le jeu puis, avec calme, retourne l'une après l'autre les douze pierres mitoyennes que ce joli coup lui permet de remporter.

○

« Vous n'avez pas idée de ce que vous venez de faire », siffle Brona, brisant le silence, abaissant lentement le bras qui menaçait Albin.

Tout le monde a encore les yeux rivés sur le jeu, la grande ligne blanche qui vient de s'ouvrir, comme une coupure au milieu du plateau. La guerrière est la première à s'en détourner. En quelques pas rapides, elle se met hors de portée de l'arc de Moïra, contourne Nal toujours à terre et file par la porte restée ouverte.

Le Palais est parfaitement calme. Les bruits de fête ont cessé, comme si tout le monde s'était endormi.

Kai est la suivante à s'ébrouer :

« Allons-y, dit-elle. Il faut qu'on voie ça de nos propres yeux. »

○

À la suite de la cartographe, Albin, Moïra et Nal montent à travers les murs une série d'escaliers étroits et raides, jusqu'à déboucher sur un chemin de ronde.

Quand ils parviennent à l'air libre, ils découvrent au-dessus d'eux un ciel partagé en son milieu. D'un côté le midi de Thecel marque le pas, de l'autre le minuit d'Abacule gagne à toute vitesse. En tendant les bras, on peut pointer d'un côté le soleil au zénith et de l'autre une lune croissante masquée de nuages, quelques étoiles vaillantes. À la frontière, l'impossible fusion des contraires engendre une strie de ténèbres éblouissantes, une ligne irregardable qui palpite et brûle sous le regard. Et tout cela bouge, pivote à grande vitesse, la lumière du jour décroît tandis que la nuit tombe.

En regardant vers le bas de la tour, ils découvrent l'horizon qui sombre en vagues successives, les sols qui se dérobent. Des carrés nets taillés dans la structure de l'Empire glissent et basculent, pays de blés, de lacs et de forêts, d'usines, terres palatiales et domaines voisins, révélant leur verso dans de brefs miroitements, la masse d'un océan monstrueux, éclipsé bientôt par le pivotement de la pierre voisine. Cela dure un peu, le temps pour chaque pièce de se jointoyer à la voisine, le couchant et le levant retournés, le temps de laisser passer, dans les interstices, les ultimes éclats du monde au-delà.

Enfin, la nuit est là.

Le Palais de Thecel, cœur de l'Empire, a basculé en Abacule en même temps qu'une longue bande de ses domaines. Et l'on peut voir, depuis les hauteurs, la mer au loin : la mer qui borde désormais l'ancien centre du monde et le condamne à n'être plus qu'une île parmi des milliers d'autres.

Kai croise le regard de Nal, lit la stupéfaction sur ses traits doux, et lui sourit. Moïra soupire. Albin scrute le ciel.

« Comment est-ce possible ? finit par demander le jeune Œcumaître. Je croyais que le Palais ne pouvait pas se retourner.

— Il n'est pas censé le faire, confirme la cartographe. Personne ne joue jamais ce type de coup. La dernière fois qu'un tel retournement s'est produit, il a fallu le commencement d'une nouvelle partie et un millier d'années pour qu'un empire se réorganise. Mille ans pour obtenir une carte complète du monde, une vue claire de la partie.

— Alors, ce que vient de faire le garçon… »

Kai opine joyeusement, grisée par le ton scandalisé de Nal.

« Un seul geste de ce petit Face Pâle a suffi à tout remettre en cause.

— Des siècles d'efforts…

— L'illusion de l'emprise.

— Qu'est-ce qui va se passer ? »

Moïra entend l'angoisse, la stupeur dans la voix du jeune homme, mais elle ne peut s'empêcher de ressentir du soulagement, une forme d'excitation. Le sacre n'a pas eu lieu. Ils ont contrecarré les plans de Mav d'Orab comme ceux de la Magèstre. Tout est à reconstruire dans un monde renouvelé.

Ils voient des lumières s'allumer en contrebas. Dans les campements des visiteurs, au pied des murailles, les feux sont ravivés. Lampes, lanternes et torches se multiplient et, de toutes les portes du Palais, les invités surgissent pour voir de leurs propres yeux cette nuit tombée en plein jour. Pour essayer de comprendre, au contact des autres, ce qui vient de se produire.

Un froufrou d'ailes annonce l'arrivée de la pie de Kai, qui vient se percher derrière le petit groupe, sur l'épaule d'une statue maculée de lichens.

Albin est le premier à la voir, qui dit à Moïra :

« Ça ne te rappelle rien ? »

La princesse regarde l'oiseau dont l'œil paraît rouge un bref instant. Puis elle reconnaît le personnage de pierre, grandeur nature, usé par les intempéries.

On dirait les statues dans les hauteurs de l'île abandonnée. Miryi. La capitale d'un Empire oublié. Un Palais retourné depuis mille ans.

La pie penche la tête et l'étudie avec curiosité. Moïra tend la main, elle murmure :

« Viens là. »

Une respiration plus tard, elle sent les serres se refermer autour de son doigt, le poids de l'oiseau sur son bras.

« Tu es beau, dit-elle. J'aimerais que tu me rendes service. J'ai des amis, en bas. Un grand homme qui mène des renards et trois sœurs en jaune et bleu qui semblent n'être qu'une seule personne. Veux-tu bien leur porter mon message ? »

○

Une autorité inquiète a été rétablie à l'intérieur du Palais. La brève panique a été refoulée au-dehors par des contingents de gardes impériaux, obéissant à de très anciens réflexes de conservation. Les protocoles de sécurité sont parfaitement rodés. Les visiteurs tentant de profiter de la confusion ont été expulsés avec vigueur.

Moïra connaît intimement les lieux et Kai maîtrise la plupart des chemins secrets. Le groupe s'équipe sans rencontrer de résistance, passant de chambres en salles d'armes, de cuisines en écuries, prenant le temps de choisir un matériel de campagne de qualité. Moïra retrouve avec plaisir les arcs courts et robustes sur lesquels elle s'entraînait au Couvent. Albin, seul, refuse de s'armer, se contentant de revêtir un chapeau d'uniforme en feutre pour se protéger de la pluie.

La cartographe insiste encore pour passer par les archives de l'Empire, des enfilades de pièces basses, sans portes, pleines d'étagères à casiers toutes semblables. Les boîtes numérotées contiennent des quantités inconcevables de paperasse, mais aussi des artefacts curieux provenant de toutes les contrées de Thecel : rongeurs empaillés, cristaux de roche, petits objets d'artisanat, et quelques représentations du monde schématiques, dont certaines très étranges, peintes sur des sphères de bois. Kai s'oriente sans hésiter dans le labyrinthe poussiéreux, pour extraire trois longs étuis à carte en cuir, qu'elle cale sous son bras sans même en vérifier le contenu.

○

L'aube d'Abacule point quand ils sortent enfin du Palais, empruntant le large souterrain rectiligne qui longe la canalisation d'entrée d'eau dans la forteresse. Perchés sur la même jument baie, Albin et Moïra vont en tête, suivis de Nal sur son propre cheval, chacun tenant une autre monture par la longe. Kai, à pied, ferme la marche, menant trois mules de bât attachées à la file.

Quand ils parviennent à l'air libre, c'est pour découvrir les communs du Palais désertés. Le moulin a été abandonné, portes grandes ouvertes. La cheminée du four ne fume plus. La troupe contourne de loin le flanc du Palais pour éviter toute rencontre, mais les seuls groupes qu'ils aperçoivent paraissent occupés à lever hâtivement le camp. À la queue leu leu, à travers des prés piétinés où ne subsistent que les reliquats du séjour des visiteurs, ils parviennent au point de rendez-vous.

C'est un petit matin très calme, l'air est d'une douceur inhabituelle. Les franges gelées de la rivière fondent à toute vitesse. Non loin du pont, à l'abri des premiers arbres, Dagan et les Luaine attendent, assis sur leurs balluchons.

Moïra met pied à terre et aide Albin à descendre. Elle présente ses compagnons les uns aux autres.

« Où sont-ils tous partis ? veut-elle ensuite savoir. Pourquoi aussi rapidement ? »

Le dresseur borgne a l'air surpris.

« Vous n'avez donc rien vu ? »

Il pointe derrière eux les tours du Palais qui paraissent plus sombres que d'habitude, à moins que ce ne soit le ciel qui ait éclairci. Sous cet angle, la ressemblance avec l'île abandonnée devient frappante. *Miryi, le Palais des anciens.* Entre les flèches et les clochers, une silhouette paraît soudain et s'éclipse. Un vol en zigzag reconnaissable entre mille.

Miryi, le perchoir aux dragons.

« On n'arrive pas à les compter, mais ils sont déjà trois ou quatre, des clairs et des foncés. Les plus grands dépassent en taille tout ce que vous pouvez imaginer. Les gens crient aux loulous. À une attaque des barbares. À une vengeance des Puissances. »

Moïra continue de scruter les cieux. Elle cherche à reconnaître, dans l'étrange ballet des monstres volants, une silhouette familière.

Kai poursuit à l'adresse de Dagan :

« Ils ont fui le Palais parce qu'ils sont paniqués, mais la peur ne dure qu'un temps très bref. Dès qu'ils auront compris qu'ils sont isolés, dès qu'ils auront fait le tour de leur nouveau domaine, ils reviendront malgré le danger. Des chefs sortiront du rang, ils organiseront leurs troupes et se trouveront des coupables. Ce qui découlera de ce désordre est difficile à prévoir.

— Et nous ? demande l'aînée des Luaine. Où allons-nous ?

— Nous allons chercher des gens capables de nous aider à naviguer, répond Moïra. Je dois rendre mon nom à ceux qui me l'ont prêté. »

○ ○

Il n'y a pas très loin du Palais aux usines, et la petite troupe pourrait y parvenir avant le terme du jour, si le retournement ne les avait privés d'une nuit de sommeil. Le pas régulier des bêtes se fait, au bout de quelques heures, dangereusement hypnotique. Moïra dodeline sur sa monture. Elle chemine dans un entre-deux du monde et du rêve, sursaute pour se rendre compte que son esprit est en train de glisser. Avant midi, on s'accorde une longue pause. À quelque pas du chemin, dissimulé par un bosquet, on veille et dort par alternance. De petits groupes de piétons passent, pressés. Aucun ne paraît remarquer leurs traces ou s'en soucier.

Le soleil est largement redescendu quand ils reprennent la route. Le vent forcit, tiède, poussant de gros nuages. Moïra, Nal et l'aînée des Luaine chevauchent en tête. Ils sont les premiers à entendre les éclats de voix, les piétinements de la troupe en approche. Le terrain les cache encore, mais les bas-côtés sont nus, il n'y a nulle part où se dissimuler.

« File prévenir les autres », ordonne Moïra au jeune Œcumaître.

Puis, à la chanteuse, haut perchée sur une jument :

« Au premier signe de danger, pique des deux et fuis.

— Et toi ?

— Je peux me défendre. »

À peine a-t-elle dit ça que les autres surgissent : une petite bande, compacte et bruyante, soudée autour d'une robuste charrette à foin. Certains arborent des bouts d'uniforme de gens d'armes, qui une cotte, qui un heaume à panache. D'autres sont vêtus d'habits de cérémonie plus ou moins à leur taille. Le reste du butin sur la remorque est un bric-à-brac d'objets quotidiens et de consommables. Ils s'arrêtent à distance prudente de Moïra, qui a mis sa monture au travers de la route et les jauge.

Un homme sort du rang. Il a le visage rouge, une cruche à la main, une épée au côté, et tangue sur le cheval qu'il monte à cru.

« Belle journée, mesdemoiselles ! » lance-t-il en avançant.

Moïra sent l'arc, la diagonale tendue de la corde sur son torse, la tension de la sangle du carquois. Elle sait à quelle vitesse elle peut encocher. Elle ne bouge pas.

« Qui êtes-vous, continue l'homme, et où allez-vous comme ça ? »

Cinq pas derrière, le reste de sa bande avance lentement, sur toute la largeur de la voie. Les échanges ont cessé, leur attention est tournée vers l'archère d'abord, vers la Luaine ensuite, légèrement en retrait. Ils sont saouls et se sont battus, l'un d'eux a la joue couverte de sang séché. Le cheval du chef a un mouvement de tête, il piaffe, et ce n'est qu'à ce moment que Moïra reconnaît l'animal. Sa main gauche attrape le bois de l'arc par-dessus son épaule, l'index et le majeur droit pincent une flèche juste sous son empenne dans le carquois de hanche. L'arme est aussitôt bandée, pointant dans le vide, un peu à côté des jambes de l'homme. Celui-ci tire les rênes, arrête sa monture.

« Le cheval n'est pas à toi, dit simplement Moïra.

— Vraiment ? À qui d'autre, alors ? »

Il n'a pas l'air inquiet. Derrière lui, cependant, ses compagnons s'agitent, affermissent leurs prises sur leurs bâtons, la garde de leurs couteaux.

« Je l'ai échangé, il n'y a pas si longtemps, avec un ami à moi, rétorque la jeune fille.

— Et comment s'appelle cet ami ?

— Je ne suis pas sûr qu'il ait un nom.

— Pas de nom ? »

L'homme lève sa cruche en direction de Moïra, comme s'il portait un toast.

« Alors sans doute n'est-il pas non plus vraiment un être humain. »

Le récipient éclate au moment où il l'approche de ses lèvres pour boire. Le vin éclabousse en gerbe violette. Le cheval, effrayé mais tenu, ne recule que d'un pas. Moïra a encoché la seconde flèche.

« Où est l'homme à qui appartient cette bête ?

— Ne sois pas idiote, grogne l'autre. Vous êtes deux, nous sommes dix. »

La corde se détend : souffle sourd, bref, et cette fois la flèche file à deux doigts du cou de l'homme pour se planter dans le sol, entre les jambes d'un poney. La bête rue, communiquant sa peur à ses voisines. La troupe s'égaille, les hommes crient. Le chef a à peine le temps de constater le désordre de ses rangs que Moïra avance presque à le toucher, son bras à nouveau armé.

« Il ne tient qu'à moi que tu te retrouves seul, dit-elle. Descends de ce cheval et apprends-moi où sont les Faces Pâles que vous avez dépouillés. Je perds patience. »

Elle voit à son regard qu'il commence à comprendre. Qu'il a peur d'elle et que cette peur même lui fait honte.

« C'est leur faute et tu le sais, plaide-t-il sur un ton défait. Les Puissances nous punissent de nos faiblesses et de nos compromissions : on a laissé s'installer les Faces Pâles jusque dans nos champs. Il est de notre devoir de reprendre le contrôle.

— Ce n'est le devoir de personne, le coupe Moïra. Et certainement pas le tien. Maintenant, pour la dernière fois : descends de ce cheval ou je te tue. »

Tandis qu'il obtempère, elle crie aux hommes dispersés :

« Quittez le chemin et avancez dos au soleil. Je ne veux plus jamais voir aucun de vos visages. »

Le soudard paraît pitoyable, une fois au sol, tout couvert de vinasse.

« Vos petits copains ont été capturés lors de la prise de l'usine, grommelle-t-il encore. Ils croupiront en prison, avec tous les autres que nous attraperons. Le rapport de forces reste en notre faveur. »

Et il tremble en disant ça, il a peur pour sa vie, mais se sent courageux malgré tout, fier de sa probité. Moïra et la Luaine le regardent filer derrière ses hommes, s'éloigner aussi vite qu'il le peut, abandonnant au milieu de la route le fruit de leurs pillages.

Quelques instants plus tard, Dagan arrive, Albin en croupe.

« Dépêchons-nous, leur dit Moïra. Il n'est peut-être pas trop tard. »

○

Le cheval connaît le chemin, mais il faut le forcer à des détours pour ne pas qu'il déboule en plein campement de pillards. À plusieurs endroits, les clôtures du terrain ont été arrachées, et dans l'obscurité du début de nuit, on peut voir de loin les feux qui brûlent dans le val tout autour de l'usine. Moïra et la troupe passent au large, même s'il semble évident que les occupants des lieux n'ont pas placé de sentinelles. Ils traversent le ruisseau loin en amont avant de se séparer en deux groupes. Tandis que Moïra et le gros de la troupe rejoignent la cache des Faces Pâles, Kai et Nal descendent jusqu'à l'usine pour observer la disposition des lieux.

Moïra se souvient de l'emplacement du bosquet, ce que sa monture confirme en accélérant le pas. Les cabanes de branches et de feuilles ont été mises à bas. Tout ce qui pouvait être utile a été volé. Pas un signe de vie. La jeune fille descend à quatre pattes pour fouiller les décombres, retrouver la cache souterraine. L'obscurité est grande et tout est chamboulé, mais elle s'acharne, écarte les montants brisés, jusqu'à mettre enfin les deux mains dans la cavité. Elle en sort un grand sac, intouché, rempli d'habits. Au fond, elle trouve également un petit sifflet à deux trous.

Ils font demi-tour et retrouvent leurs éclaireurs au point de rendez-vous.

« Ils chantent, annonce Kai. Ils sont ivres eux aussi.

— Et les prisonniers ?

— Dans le hangar, derrière, avec les voitures.

— Tous les six ? veut savoir Moïra.

— Peut-être. Je n'ai pas pris le temps de compter.

— La porte n'a pas l'air bien robuste, enchaîne Nal, mais ils ont mis deux gardes.

— On attend ici, dit Dagan. On attend qu'ils dorment. »

Ils s'asseyent en rond, dans les décombres du camp, et restent là sans parler ni allumer de feu. La lune se lève derrière le bois, éclaire le val un temps avant de se cacher derrière les nuages. Moïra somnole jusqu'à ce que la voix de Kai la fasse sursauter.

« On y va. »

○

Tout est très calme. Les foyers finissent de mourir. À part une poignée d'ivrognes endormis à même le sol, les pillards sont allés se reposer dans le bâtiment de l'usine. Moïra se place au niveau de la route avec les montures et, après avoir senti le vent, souffle doucement dans l'instrument. Elle module une mélopée bizarre, assez longtemps pour voir les gardiens de la geôle s'ébrouer, contourner le hangar, la repérer. Dagan et les Luaine attendent dans les arbres en surplomb. Les vigiles n'ont pas le temps de crier quand on leur tombe dessus. Moïra voit filer dans l'herbe les trois taches lestes des renards blancs, pas encore accommodés à la nouvelle saison : elle les perd de vue quand ils tournent le coin.

Autour d'elle, les chevaux tremblent d'impatience. Elle les flatte, leur parle à voix basse. La lutte, au loin, se termine. Il n'y a pas eu de cris, juste des geignements étouffés. Moïra garde l'oreille tendue. Cela dure, dure encore. Elle hésite à s'en mêler, à aller voir elle-même. Peut-être la porte est-elle plus solide qu'il n'y paraît. Sans doute Albin aurait-il dû rester près d'elle.

Des bruits de course, mais toujours pas un cri. L'alarme n'a pas été donnée. Ce sont les leurs. Moïra compte les silhouettes. Les sept de son groupe, puis les cinq évadés.

« Où est le vieux ? » veut-elle savoir tandis qu'on monte en selle.

Elle reconnaît l'homme mince aux cheveux longs.

« Il est mort, lui répond-il.

— Ce sont eux qui l'ont tué ?

— C'est arrivé il y a trois semaines, à l'usine. J'étais couché, avec de la fièvre. Il a embauché à ma place. Partons, maintenant. »

Et tandis qu'ils s'éloignent, veillant à ne pas faire de bruit, tous autour d'eux restent indifférents, profondément endormis.

○

Ils chevauchent jusqu'à l'aube, jusqu'au terme du monde et l'endroit où la forêt cède le pas à la mer. Là ils s'arrêtent enfin, déchargent les bêtes fourbues et, dans le froid de la fin de nuit, attendent sans mot dire que le soleil surgisse de l'océan.

À mesure que la lumière revient, Albin se rapproche de Moïra, se servant d'elle comme d'un paravent pour se dissimuler des autres Faces Pâles.

« Il faut dresser un camp et prendre du repos, annonce-t-elle à la ronde. Nous avons encore devant nous un long voyage.

— Où va-t-on, cette fois ? lui demande la jeune fille à la peau blanche qui jadis lui a coupé les cheveux.

— Chercher une embarcation assez grande pour nous accueillir tous, que vous aiderez à faire naviguer. Je voudrais que vous nous accompagniez chez vous, dans l'île de Mechead.

— Et pourquoi veux-tu aller là-bas avec nous ?

— Parce que j'ai besoin de l'aide des vôtres et que vous témoignerez pour moi. »

L'homme aux cheveux longs dodeline de la tête. On ne sait trop s'il approuve ou s'il cherche à tempérer.

« Et parce que mon ami Albin doit y retourner, lui aussi, afin de poser des questions à défaut d'obtenir des réponses. »

○ ○ ○

La halte fluviale d'Ombiel, à une journée de route vers le ponant, s'est changée en port de mer. Les quais exposés aux vagues sont submergés deux fois par jour par l'eau salée : à la première houle, les barges de transport restées dehors ont chaviré puis coulé. Les bateliers et dockers ont déserté.

Des appels à la mobilisation circulent, au nom de l'Empire et de l'Œcumaîtrise. On parle d'invasions barbares, de retour de monstres ancestraux, de loulous, de fin du monde. Des bruits courent sur un complot de la Grande Magèstre, une vengeance des Puissances. Dans d'autres, on accuse Moïra de Thecel d'avoir envoûté son frère et provoqué la chute de la dynastie.

Nal, parti en reconnaissance, guide le groupe par des chemins discrets jusqu'aux cales sèches, le long de l'ancien cours du Cavo. Les rares étrangers qu'ils croisent, ils les doublent sans mot dire. Moïra et ses amis forment un équipage impressionnant, monté, armé et peu désireux de nouer un contact. Ils ne se mêlent d'aucun conflit et, en retour, écartent ceux qui prétendraient les ralentir.

Il fait sombre dans le hangar, ça sent le bois mouillé, le goudron et le grain gâté. Moïra négocie avec l'armatrice tandis que les Faces Pâles examinent ces embarcations trop larges, impossibles à barrer en mer ouverte.

« Nous vous laissons nos chevaux en gage, et tout le matériel qui ne rentrera pas sur le bateau une fois que nous serons montés à bord.

— Ça n'a aucun sens, répète la femme, contrariée. Vous aurez sombré avant d'avoir quitté le port.

— Ça ne se produira pas, insiste Moïra. Mais si nous ne sommes pas revenus dans huit jours, inutile de nous attendre. Gardez tout et soyez heureuse. »

L'armatrice, toujours suspicieuse, lorgne les mains claires, les mèches de cheveux raides et jaunes des insulaires.

« Qui êtes-vous ? questionne-t-elle après un soupir. Qu'allez-vous faire sur cette mer maudite ? »

Mais avant qu'Albin ou un autre des Faces Pâles ait pris le risque de répondre, Kai s'interpose.

« Nous sommes la réunion des Sicles et d'Abacule. Nous partons au bout du monde dessiner la carte d'un univers commun. »

Plus tard, l'armatrice pousse de la gaffe l'arrière de leur barge pour les éloigner du quai. Le bassin est calme mais les premières vagues se brisent à peine plus loin, et l'océan est gris, plein de creux profonds, de crêtes aiguës, jusqu'à l'horizon. Les renards se sont cachés, sentant la peur de leur dresseur, dans le giron des Luaine. Kai et Nal, assis sur les paquets, regardent les hangars s'éloigner avec appréhension tandis que les Faces Pâles et Moïra s'accroupissent sur le plat-bord et penchent leur visage vers l'eau.

Sur le quai d'Ombiel, la femme plisse les yeux. L'embarcation avance droit, à bonne vitesse et sans trop s'enfoncer malgré son chargement. Au moment de passer les brisants, la vague devant eux semble s'apaiser, s'ouvrir par le milieu. Elle les accueille et les porte avant de se refermer. Les voilà loin, déjà, naviguant sans voile ni rames sur une mer démontée.

« Par les Puissances… », murmure l'armatrice.

Quand elle ne peut plus distinguer le bateau du reste du paysage, elle se souvient des chevaux et part s'occuper de leur trouver une écurie. Elle ne doute pas les conserver pour toujours.

○

Il faut trois jours et deux nuits de navigation au vaisseau parti d'Ombiel, dans la grande île de Thecel, pour parvenir jusqu'à l'anse abritée de l'île nommée Mechead, Emèle ou encore Mesclagne. Cinq Faces Pâles, exilés depuis quinze ans de l'autre côté du monde, se relaient au murmure. Ils sont assistés dans leur tâche par un enfant de leur peuple, répondant au seul prénom d'Albin, ainsi que, pour la première fois dans l'histoire d'Abacule, par une princesse sombre nommée Moïra et initiée aux mystères de cet art. Voyagent encore à bord de la nef quatre étrangers qui découvrent l'océan : Luaine, Luaine, Luaine et Nal de Sola, occupés à s'émerveiller de la beauté du monde, à se rassurer, à divertir les animaux et à chanter. Les accompagnent enfin deux aventuriers constellés de fleurs d'ailleurs : le grand Dagan de Danac, qui perdit son œil dans un combat contre un cochon sauvage quand il était enfant, et Kai de Lagnès, l'arpenteuse cartographe, connue des habitants de l'Archipel pour ses tracés à main levée dans la poussière des jardins de cendre.

Depuis la mer ouverte, Mechead se révèle par un grouillement d'oiseaux et un changement dans les teintes de la mer. Petit à petit, la ligne grise qui touche le ciel gagne en relief et en couleurs, rehausse la magnificence de ses verts. La plus grande des îles d'Abacule est aussi la plus luxuriante. Tout ce qui peut croître sous le ciel s'y est planté, et pousse. Il n'y a aucun végétal au monde qui ne prospère en ce jardin.

Personne, sur la grève, ne vient accueillir l'expédition. Épuisés par l'effort, soulagés d'enfin toucher terre, les navigateurs s'affalent dans le sable râpeux, sous les fleurs mauves d'arbustes croissant à même la rocaille. La barge est déchargée puis tirée auprès de canoës au-dessus de la ligne de marée. Albin seul semble contrarié. Quelques mètres en surplomb, à demi dissimulés par de gros blocs de rochers, des enfants de l'île observent à distance.

Moïra vient trouver son ami, lui passe une main autour des épaules et le pousse avec elle sur le chemin qui monte vers les premières habitations.

« Je viens avec toi, explique-t-elle. J'ai beaucoup de choses à dire aux gens d'ici. »

○

Il n'y a pas de salle commune sur Mechead, pas même de village à proprement parler. Chaque habitation est liée à un arbre : construite dans les branches, appuyée à un tronc, parfois même creusée dans une souche. Les pièces et dépendances peuvent être accolées mais aussi bien, parfois, disséminées et lointaines. Les distances, de maison à maison, restent tributaires des hasards des enracinements et des interactions subtiles des arbres entre eux. Comme tous les habitants des îles d'Abacule, ceux de Mechead se réunissent pourtant pour conférer, élisant pour leurs rassemblements des lieux où le ciel est dégagé : des clairières, des points culminants, les abords d'un petit lac ou une longue grève rocheuse à l'extrémité de l'île.

Quelques heures à peine après son arrivée, tout habitant à portée de rumeur sait qu'Albin est de retour. Si on hésite encore à user de ses surnoms les plus sales, personne n'a oublié le murmureur de dragon, et moins encore les histoires à demi inventées qui ont fondé sa réputation depuis son exil. La jeune fille sombre qui l'accompagne a quelque chose d'inquiétant qui les empêche de laisser libre cours à leur rancune. Au premier adulte qui émet un commentaire, Moïra rétorque :

« J'ai quelques noms en réserve, moi aussi. Si tu insistes je t'en choisirai un qui t'ira comme un habit de tailleur et, crois-moi, il ne sera pas oublié de sitôt. »

À chaque personne croisée, elle dit également :

« Réunissez-vous et retrouvez-nous dès ce soir. Le grand retournement ne nous a pas portés ici pour régler vos querelles de temps de paix, mais pour préparer vos mouvements de temps de guerre. Nous devons tous écouter et nous devons tous parler. »

Quand vient le crépuscule sur la grande forêt, les bruits et odeurs changent en même temps que la lumière. Les animaux de jour disparaissent sans laisser de trace, ceux du soir prennent leur tour, discrets comme le vent dans les herbes. Les fleurs resserrent leurs pétales et penchent la tête dans un dernier assaut de parfums suaves. Le vent s'apaise. Des fourrés bas montent les craquètements des insectes, des flaques les grincements des crapauds. Dagan et les Luaine vont en tête sur le chemin, accompagnant de leurs instruments le rut monotone des bestioles invisibles.

L'eau du lac est un miroir noir, troublé seulement de loin en loin par le clap sourd d'un poisson venu chasser en surface. Des centaines d'insulaires attendent en groupes murmurants, et le double est encore en chemin quand les visiteurs entrent dans le cercle de lumière. Six grands feux et une trentaine de torches délimitent sur la prairie le lieu de la rencontre.

Moïra et les siens viennent s'asseoir au centre, se tournant le dos les uns aux autres de façon à faire face à leurs hôtes. Les messes basses s'épuisent. Un silence attentif se fait.

« Je suis Moïra de Thecel », commence la jeune fille à la peau sombre.

Sa voix est calme et nette, mais elle ne la pousse pas. Elle laisse à son auditoire une part d'effort et d'attention.

« Jusqu'à la mort de Laserian, mon père, j'ai été princesse. Aux côtés de mon frère Aslander, j'avais pour destin de prendre le premier rôle à la cour impériale. Je suis née, j'ai été formée à commander, à intriguer et à vaincre. De mon acceptation de ce rôle dépendaient les équilibres des pouvoirs, la paix sociale, la reproduction de l'ordre. Je n'ai pas choisi de trahir cette destinée. Les choses ne sont pas aussi bien ordonnées dans la vie que dans les histoires. J'ai eu peur. J'ai été courageuse. Je me suis retrouvée seule et me suis fait des amis. J'ai été naïve et clairvoyante, violente et contenue. Je suis passée d'un côté à l'autre du monde et j'ai compris que celui d'où je venais n'a jamais été un ancrage que pour moi. Ce n'est pas mon nom qui a changé, c'est ce qu'il désigne qui s'est transformé. Et puis… »

Elle se tait un instant, cherche ses mots.

« Tout est en train de se mélanger, de ce côté-ci aussi bien que de l'autre. Si vous voulez que ce monde qui vient soit désirable pour vous aussi, il faut vous impliquer. »

○

Chaque fois que Moïra se tait, le silence qui suit paraît plus profond, plus opaque que le précédent. Ils sont des centaines à la scruter sans mot dire ni bouger, et l'absence de réaction est de plus en plus pesante. Au bout de plusieurs tentatives pour arracher une réponse, la jeune fille finit par se taire tout à fait, après avoir bredouillé quelques mots. Cela dure un peu, puis s'interrompt dans un froissement d'habits, quand tous les insulaires se lèvent, s'écartent pour laisser passer une petite fille.

L'enfant ne doit pas avoir plus de quatre ans, elle porte un collier de fleurs blanches qui lui descend jusqu'à la taille. Elle garde les yeux rivés sur le bol qu'elle tient à deux mains, comme s'il était plein à ras bord d'un liquide particulièrement précieux. Moïra a à peine le temps d'en apercevoir le contenu que l'enfant le renverse dans l'herbe d'un geste brusque : des poignées de pierres tombent au hasard, côté blanc ou côté noir, certaines entassées, d'autres de guingois révélant une tranche bicolore. Cela forme un dessin hasardeux, insensé, que la petite étudie un instant avant de s'en aller.

Ensuite, deux par deux ou en petits groupes, les insulaires s'approchent pour regarder à leur tour un moment. Et ce n'est qu'au terme de cette lente séance que l'un d'eux se décide à prendre la parole :

« Ce que tu dis est vrai pour toi et important pour nous. C'est une bonne chose que tu sois venue nous voir. »

o

o

Les insulaires s'en vont. Moïra reste seule avec les siens. Les Faces Pâles rapatriés depuis les terres palatiales ont été accueillis dans des habitations proches, attendant de retrouver leur famille. Albin, lui, est resté avec les Visages Sombres.

« Ne vous fiez pas à leur douceur, prévient-il au terme de la veillée. Les gens de Mechead ne sont aimables que parce qu'ils ont peur de sortir du rang. Ils suivent le courant. Si celui-ci les pousse à des actes cruels ou injustes, ils les commettront sans arrière-pensée, pour faire comme tout le monde.

— Mais pourquoi se comportent-ils comme ça ? » demande l'aînée des Luaine.

C'est Dagan, cette fois, qui répond :

« Parce qu'ils ont peur. Ils n'ont aucun moyen de savoir s'ils ont raison ou non. Il n'y a pas d'Œcumaîtrise en Abacule, pas de Temples, pas de Puissance révélée, pas de cour impériale, aucune hiérarchie. C'est le mouvement des foules qui libère chacun du poids de ses erreurs individuelles.

— La foule ne préserve de rien du tout, rétorque le gamin, amer. Elle ne fait jamais que liguer la majorité contre le mouton noir. »

Albin, d'ordinaire toujours joyeux, toujours en mouvement, semble ici un roc froid. Sous son œil droit, une tache blafarde en forme de diamant est apparue et lui fait comme une larme figée.

« Combien de personnes peuvent murmurer en même temps ? intervient Moïra.

— Je ne sais pas, répond l'enfant au bout d'un temps. Le grand murmure peut impliquer plusieurs dizaines de voix.

— Le grand murmure ?

— Quand une catastrophe se produit, explique cette fois Kai, la cartographe. Une tempête, le plus souvent. Le grand murmure tient lieu, en Abacule, de cérémonie de deuil et de réparation.

— C'est exactement ce dont nous avons besoin, opine Moïra. Un grand murmure de réparation. »

Puis, à la seule adresse d'Albin, comme si personne d'autre n'écoutait :

« Et tu seras notre maître, parce que toi seul sais comment se murmurent les dragons. »

○

Les jours qui suivent sont chauds et pluvieux. Le groupe se disperse. Par les chemins presque invisibles de Mechead, ils vont de place en place, par deux ou trois, raconter ce qui s'est produit en Thecel et inciter les insulaires à prêter leur concours. Les sous-bois sont boueux, des marécages se forment. Les grandes feuilles luisent, vernies de frais. Même quand les averses cessent, la forêt continue de pleuvoir sur elle-même, avec des percussions de grosses gouttes chues des hauteurs.

Moïra redit son voyage et ses découvertes, la table de jeu au sommet du Palais, les enclaves autour des mers retournées, l'exploitation des Faces Pâles, l'éradication d'Analog transformée en un grand trou. Elle raconte sa quête à des femmes et des hommes attentifs, curieux comme des écoliers, et ceux-ci opinent, *oui, bien sûr*, ils sont d'accord.

À peine plus loin, Albin commente :

« Ils ne bougeront pas.

— Tu crois qu'ils me mentent ?

— Même pas. Ils sont convaincus sur le moment, parce qu'ils aiment ton histoire. Mais ils changent d'avis aussitôt après. Pas un d'entre eux n'acceptera de murmurer un dragon avec moi. Thecel, pour eux, c'est un conte pour gosses. Ils ne peuvent pas faire le lien. »

Et le pessimisme de l'enfant, renforcé par le mauvais temps qui perdure, gagne peu à peu la jeune fille.

Que fais-je ? Qu'attendre de ces gens dont je ne connais rien ?

Cela fait plus d'une semaine qu'elle a quitté les pierres retournées et elle ignore tout de ce qui se passe autour du Palais. Il faudrait que les insulaires s'inquiètent, qu'ils se mobilisent. Mais dans chaque nouvel endroit où elle parvient à réunir une dizaine de personnes, c'est comme si elle venait de débarquer le jour même.

« Les nouvelles ne circulent donc pas dans cette île ? finit par s'exaspérer Moïra.

— Elles le font, ne t'en fais pas. Simplement, ils ne croient pas un mot de ce que tu leur racontes. »

Enfin, un soir, un changement survient. Les visiteurs sont installés sous un abri de branchages et de feuilles que la pluie fait gronder. La jeune fille, pour la dixième fois, décrit l'énorme trou foré dans la terre par les machines de l'Œcumaîtrise, la destruction systématique des îles. Tournant et retournant ses mains, elle explique le lien entre ces chantiers de forage et la disparition des terres émergées d'Abacule. Elle insiste : de part et d'autre du monde, le jeu n'a pas les mêmes conséquences. L'Empire s'est organisé pour neutraliser les effets de retournement, affaiblir l'adversaire et gagner en trichant.

Un aboiement l'interrompt, suivi d'un violent frisson de panique qui part du chenil et parcourt en un instant tous les corps réunis. Quelque chose se passe derrière elle, elle le sent dans sa moelle, et n'est pas surprise de ce qu'elle découvre en se retournant : dans le vide de la clairière, là où ont été ouvertes les citernes de recueillement pluvial, un dragon nacré s'est posé, presque sans bruit. Il est de petite taille, son corps est fin, et il progresse en marchant haut sur ses ergots, ailes écartées, comme un cygne hors de l'eau cherchant à impressionner.

Ses yeux sont dorés, ses barbillons d'un blanc immaculé.

« Mélane, souffle Moïra.

— Tu le connais ? »

Albin, à ses côtés, jubile.

La jeune fille se tourne vers les insulaires pétrifiés.

« C'est maintenant qu'il faut nous aider, leur dit-elle. Faites ce que vous seuls êtes capables de faire. »

○

Quand le murmure monte de quarante gosiers à la fois, c'est comme si le monde retenait son souffle. Il n'y a plus que cette enveloppe sonore, qui est une caresse et une luminosité. Le dragon se calme, s'assied, s'allonge. Rampe au sol comme s'il avait perdu pattes et ailes. Il approche de l'abri, pour écouter ce que l'on dit de lui dans cette langue qui n'a ni sens ni mélodie. Puis il penche la tête, ouvre la gueule et mâche l'air.

« Il veut chanter, chuchote Albin. Il veut se joindre à nous.

— Viens avec moi », lui dit Moïra.

Puis, à l'adresse du dragon :

« Veux-tu bien nous porter ? »

Mélane est moins grand, moins épais que le grand cuivré de Miryi, mais il soulève ses deux cavaliers du sol d'un seul battement d'ailes, faisant onduler furieusement sa longue queue derrière lui. La pluie fouette les visages des humains qui le montent. Depuis le sol qui s'éloigne, ils sentent le murmure qui se poursuit, se prolonge dans les arbres, dans les gouttes : l'harmonie ténue de toute chose, redite dans sa monotone évidence.

« Pousse ton cri, Mélane ! intime Moïra, grisée par la vitesse. Chante aussi fort que tu le peux ! Appelle ici les autres ! »

○

C'est ainsi que, moins de dix jours après avoir mis le pied sur Mechead, Moïra et ses sept compagnons repartent par les airs en direction de la grande île de Thecel. Ils volent en tête d'une escadrille de trente-cinq monstres, arrivés de tous les horizons de l'Archipel, pour constituer en Abacule la plus grande concentration de dragons, attirés par le plus long murmure de mémoire des hommes.

Parmi eux tous, Mélane est le plus récemment éclos, et le grand cuivré de Miryi le plus impressionnant. Il y a également des dragons bleus, jusqu'à ce jour seulement aperçus au sein de nuées d'orage, et des rouges bicéphales nés dans les laves de Goto. Il y a plusieurs argentés de mer, qui volent bas et dont les ailes sont si courtes qu'on croirait qu'ils nagent au ras des flots, toute une portée de gris, sournois et bagarreurs, et un doré à collerette, à l'envergure exceptionnelle et aux mouvements étonnamment balourds. Enfin, surgi en dernier, au moment de prendre l'air, il y a un vert vénérable, dont la dernière mue date d'il y a des siècles et dont les ailes comme les écailles sont striées d'un millier de cicatrices. Cinq habitants de l'île montent son échine ployée et, quand ils rejoignent la troupe, son cri ressemble à un éclat de rire terrible et encombré.

Tous voyagent ainsi jusqu'au soir, sans apercevoir sous eux autre chose que l'aplat long de l'océan, et Thecel ne s'annonce qu'à l'arrivée du crépuscule, par les foyers que l'on allume sur la grande île. La terre se distingue alors au-dessous, et les dessins de ces lumières commencent à faire sens.

« Ce sont des lignes », crie Moïra à l'oreille d'Albin.

Tous deux sont juchés sur l'échine de Mélane, à l'avant droit de la harde. Kai et Dagan sont sur le grand cuivré, juste à côté, hors de portée de voix, mais les deux dragons, obéissant au seul instinct, plongent en même temps pour approcher du sol.

Thecel change de physionomie à mesure qu'ils descendent. Ce n'est plus un long rectangle égaré dans l'océan sombre d'Abacule, mais un ensemble de reliefs, de champs et de forêt domestiquée, de bâtiments, de vies. Les traits de feu se font face, ils courent le long des crêtes, signalant des campements, des veilleurs. Ils tracent les lignes de front, convergent et se densifient à mesure que l'on approche du Palais. D'un côté, l'Œcumaîtrise et ses gens d'armes, ses machines, ses cartes. De l'autre, les Mères et leurs Principes, les bataillons d'élite des sœurs guerrières. Les vassaux de l'Empire se sont crus fins stratèges en choisissant l'une ou l'autre allégeance et les civils se sont soumis, géographiquement, à leurs nouveaux maîtres.

Les dragons filent, dévoilent, remontent.

Nous sommes le dernier soir.

La bataille de Thecel commence à l'aube.

o

o

o

Moïra sursaute : elle a dormi et ne comprend pas, d'abord, où elle se réveille. Ses yeux accommodent avec peine. Les étoiles, en surplomb, dessinent des constellations incompréhensibles, qui pâlissent déjà.

Moïra sent le poids d'autres corps, serrés contre elle dans les couvertures pour se tenir chaud. Le vent froid souffle continuellement. Elle s'extrait du cocon de laine en repoussant Albin, qui se retourne sans sortir du sommeil. Autour d'elle, les camarades se reposent ou s'activent sans bruit, à gestes calmes. La corniche sur laquelle ils sont perchés est étroite et parfaitement encombrée : une vire au sommet du monde. Les dragons, couchés repliés sur eux-mêmes, font barrière de leurs corps, un parapet d'écailles pour les toits aigus de l'une des plus hautes flèches du Palais.

Moïra se fraie un chemin jusqu'au bord. Le jeune Nal est assis là, sur la queue du grand vert, pieds dans le vide. Il contemple Thecel sous lui, et les frémissements annonçant le matin, le réveil des oiseaux, les premiers mouvements dans les camps. Un peu plus loin, les Luaine chantent bas, à trois voix, pour faire se lever le soleil.

« L'Empire n'existe plus, commence le jeune Œcumaître sur un ton bizarrement joyeux, quand Moïra vient s'asseoir à côté de lui. Notre monde s'est réduit à ce petit radeau familier au milieu d'un océan d'inconnu. Nos précieuses cartes ont perdu tout leur sens. Nous ne sommes plus experts de rien. C'est beau aussi, comme ça. »

Le sourire qui s'épanouissait sur ses traits poupins s'efface lentement.

« On dirait qu'ils vont se battre tout de même. Se déchirer pour les miettes. Choisir qui prendra l'ascendant sur le tas de ruines. Qui donnera les orientations de la reconstruction.

— Et ça ne t'intéresse pas ? l'interroge Moïra. Repartir de zéro dans les explorations. Faire un plan. Rétablir un ordre familier ?

— Et toi ? »

Nal a quelque chose en lui de très solide, malgré sa timidité et sa gaucherie. Moïra a toujours su qu'elle pouvait s'appuyer sur lui.

« Je n'ai jamais désiré régner, répond-elle franchement. C'est à Aslander, depuis toujours, que devait revenir la charge de l'Empire.

— Mais Aslander a failli.

— Il a choisi la joie plutôt que les honneurs. Je ne trouve rien à lui reprocher. »

La mer est laiteuse à l'endroit où le soleil s'apprête à fendre l'horizon.

« Reste que tu es la dernière à défendre les valeurs de ta lignée.

— Nous désirons tous la liberté, reprend Moïra comme si elle ne l'avait pas entendu. Vivre sans joug, sans prison, sans contrainte extérieure. La plupart d'entre nous sont prêts à lutter pour nous délivrer de ces autorités et nous y parvenons parfois. Mais le combat est bien plus précaire contre cette autorité que nous portons en nous et imposons à notre tour.

— Même dans un monde de justice, tu refuserais d'être Impératrice ? »

Le vent est toujours aussi froid, mais la lumière qui filtre maintenant donne une illusion de chaleur. La jeune fille plisse les yeux et dit :

« J'ai à peine vécu et n'ai presque rien appris de mes voyages. Je sais cependant ceci : il ne suffit pas de refuser de subir le pouvoir, il faut encore renoncer à l'exercer. Se délivrer de tout maître n'est un horizon désirable que si on continue ensuite à lutter pour ne jamais en devenir un. »

○

Les dragons ont trouvé, dans les belvédères du Palais de Thecel, un habitat à leur mesure, fait de vide, de vertige et de pierre dentelée. Au lever du soleil, ils prennent leur envol ensemble, pour se dégourdir : c'est un spectacle terrible tant les bêtes sont grosses et véloces. Quand elles se croisent et s'esquivent en sinuant entre les tourelles, leurs ailes semblent se mêler. Cela tient de l'essaim et du banc de poissons, et jamais elles ne se heurtent, ne se touchent que par jeu. Ensuite, à force de murmures des humains qui les admirent, les monstres reviennent se percher près d'eux et ploient leur échine jusqu'à poser leurs têtes entre leurs pattes.

○

De long en large de l'île, les dragons volent haut au-dessus du champ de bataille. Les enjeux semblent d'abord limpides : la conquête des ressources, le contrôle des points de circulation. Mettre la main sur les terres agricoles et les manufactures, les carrefours, les ports. Vu du ciel, le pays amputé de ses domaines semble une version miniaturisée de lui-même, une carte pour apprenti stratège. Et si les forces de l'Œcumaîtrise ont d'emblée occupé les positions stratégiques, il fait peu de doute que la supériorité militaire est du côté du Temple.

La Grande Magèstre n'a que faire d'atermoiements et de subtilité. Tandis que l'essentiel de ses forces campe en arrière, des bataillons compacts convergent vers trois des principaux verrous ennemis. Ces groupes sont menés par des sœurs guerrières et, bien qu'en infériorité numérique flagrante, ils défont rapidement leurs ennemis, permettant ensuite au front d'avancer tout d'un bloc.

Au premier passage des dragons au-dessus des

affrontements, les combattants ont eu des réactions de peur et de colère. Des carreaux, des flèches, quelques lances ont volé vers eux sans les atteindre. Certains soldats aguerris ont tourné bride en voyant fondre sur eux les ombres des reptiles volants. Mais ni les bêtes ni les hommes qui les montent n'ont esquissé le moindre geste hostile, se contentant d'observer les assauts sans y prendre part, et petit à petit on s'est habitué à les voir passer, comme s'ils n'étaient qu'une confirmation supplémentaire des troubles du temps.

L'Œcumaîtrise recule. Les affrontements avec les bataillons des sœurs sont brefs mais décisifs : les gens d'armes sont jetés à terre, les dogues assommés, les machines détruites puis brûlées. À plusieurs reprises, la défense abandonne ses postes avant même que les soldates ne soient à portée. Les campements se dispersent, les guerriers prennent le maquis.

Nal est un des premiers à comprendre. Il remonte le vent pour se mettre au niveau de son amie :

« C'est une feinte, lance-t-il à Moïra. Ils passent par-dessous.

— Par-dessous ?

— Les carrières, les tunnels. Les terres palatiales sont une vaste taupinière. L'Œcumaîtrise le sait. Ils ont toujours eu l'avantage du terrain. »

Et en effet, là où le Temple avance en rangs continus, l'adversaire présente un front de plus en plus morcelé, qui s'effondre souvent par anticipation. Dans le même temps, de nouveaux points de contact s'ouvrent à l'arrière. Des positions fortes sont prises en quelques instants : une explosion sape les fondations d'un bâtiment et, dans la confusion et la poussière, des dizaines d'hommes d'armes émergent au beau milieu du site. Des escarmouches rapides naissent entre cavaliers surgis d'on ne sait où et quelques tâcherons chargés de garder une place et de donner l'alarme, subjugués avant d'avoir compris ce qui se produisait.

Le rapport de forces est toujours en notre faveur.

Le temps que l'information revienne aux commandements, la situation a basculé au profit de l'Œcumaîtrise. Dans une rare intervention tout près d'un bataillon de sœurs, les sapeurs parviennent à entrer dans un fortin, le réduire en cendres et repartir avant que les combattantes d'élite ne puissent les arrêter. La Grande Magèstre peine à réorganiser ses forces contre cette guérilla insidieuse, insaisissable. On soupçonne les dragons d'appuyer l'ennemi, redouble de fureur contre eux. Moïra et ses camarades, cependant, restent d'une parfaite neutralité, se contentant de pousser les bêtes un peu plus haut.

Ce qui semblait, à l'aube, une carte paisible, change lentement sous leurs yeux. Les panaches de fumée et les flammes sont les éléments les plus visibles, mais il ne faut pas longtemps à l'œil pour distinguer ensuite les voies piétinées à travers champs, les toits crevés, les arbres abattus et les réserves épandues, les rebuts dérivant sur les cours d'eau, les hommes valides en train de courir, les blessés allongés en pleine route. Dagan ou Kai reviennent souvent voler aux côtés de Moïra et Albin pour recueillir leurs impressions.

« Il faut intervenir, disent-ils. Il faut que cela cesse.

— Pas encore, leur répond invariablement la jeune fille. Ils doivent aller jusqu'au bout. »

Moïra a fini par identifier le centre de commandement de l'Œcumaîtrise, sur les hauteurs : deux tentes de campagne dissimulées par un vieux mur et un bosquet dense. Mav d'Orab y surveille l'évolution des combats à l'aide d'une longue-vue. Aslander et Donnel sont à ses côtés.

En milieu de journée, les armées du Temple sont encerclées. Les recrues civiles se sont rendues sans violence, ordonnées en colonnes de prisonniers. Les sœurs guerrières ont été isolées et mises en position d'infériorité par des jeux de terrain : ici une déclivité, là un torrent rapide dont les ponts viennent d'être détruits.

« Elles vont devoir se rendre. L'Œcumaîtrise a gagné, analyse Albin.

— Je ne crois pas, fait Moïra. Regarde. »

Mélane n'a besoin que de quelques mots murmurés pour virer sur l'aile et piquer vers la cuvette en contrebas. Une dizaine de sœurs y sont assemblées, dos à dos. Elles tiennent chacune leur arme dans la main droite, et dans la gauche un brandon qu'elles allument l'un à l'autre, de proche en proche.

« Elles prient », remarque l'enfant à leur premier passage.

Les incandescences blanchissent soudain, créant

une brève, une aveuglante torche. Le dragon, qui cherche à replonger, est pris dans un ascendant brutal. La colonne d'air, au-dessus des guerrières, prend une densité nouvelle, se structure, se dessine et, un instant, Mélane n'obéit plus qu'à sa peur. Le dragon s'enfuit. Moïra se tourne pour observer ce qu'elle attendait sans vraiment y croire.

En plein ciel, face à elle, un masque grossier est apparu, fait d'air condensé et d'espace plié, d'orage, de fureur. Il est plaqué sur un corps gigantesque dont un des pieds pourrait être l'assemblée des sœurs. Ses yeux vides semblent scruter les profondeurs de la jeune fille, jusqu'au nu de son âme.

Le Principe de la Colère, surgi de l'air, tend un bras interminable pour attraper le dragon et l'écraser entre ses doigts.

Albin chuchote :

« Non. »

Et la bête glisse, s'échappe par un interstice, monte en torche pour rejoindre le reste de l'escadre. Deux, puis trois autres Principes se condensent à travers l'île de Thecel, pareillement immenses et terribles, opacifiant l'air, engendrant partout une indicible panique.

Moïra file dans la troupe de ses amis, elle crie :

« Rapprochez-vous ! C'est bientôt notre moment ! Il faut que tous sachent ce que valent les Principes ! »

Et elle prend la tête de la ronde.

À la suite l'une de l'autre, les bêtes forment dans le ciel assombri un cercle de crocs et d'ailes, de griffes et d'écailles, le temps pour chacun des humains de trouver sa voix, caler son murmure, apaiser son dragon et sentir la force du groupe. Indifférents à la nuée de moucherons zonzonnants, les Principes avancent, fondent sur l'ennemi, écrasent, annihilent. L'Œcumaîtrise recule, paniquée, ou bien reste sur place, confuse, et meurt.

Dagan de Danac, debout sur le grand cuivré, accroché d'une seule main, ne peut retenir une exclamation de joie :

« Le murmure commun ! On le tient ! »

Les gorges ne produisent qu'un seul son, doux et insinuant, complexe et pourtant évident. Sa monstrueuse monture est la première à rompre l'assemblée pour plonger dans la mêlée, suivie comme un ruban par l'ensemble des dragons.

Au passage des bêtes, les Principes tremblent puis s'immobilisent.

« Reste », dit simplement Albin quand Moïra fait mine de guider Mélane à leur suite.

Ils viennent en dernier, tout au bout de la queue. Et il n'y a rien à expliquer : l'enfant sait ce qu'il fait. C'est depuis les hauteurs du ciel, seule avec son ami, que la jeune fille regarde l'alliance des Sicles et d'Abacule, montée sur la cohorte des dragons, faire reculer, faire vaciller puis finalement abandonner les Principes, qui se disloquent à la stupeur générale, sous l'assaut du son commun, du murmure partagé.

○

Mélane donne de l'aile, quitte le vol stationnaire en une formidable accélération. Il file, sans l'aiguillon d'un conseil ou d'un ordre, fonce droit sur le Palais, ne s'arrêtant pas même au moment de heurter la façade. Il se glisse par une grande baie, s'immisce dans une colonnade, ne consentant à se poser qu'au bas d'un escalier d'honneur.

Moïra et Albin ont à peine le temps d'apercevoir le sujet de sa hâte qui disparaît dans la volte des degrés : Brona-Deir court au-devant d'eux.

Ils la poursuivent.

Tous trois savent ce qui se trouve à l'étage, au bout du corridor, derrière la petite porte, dans la salle octogonale. Tous savent également que, quelle que soit leur vitesse, la sœur guerrière arrivera première et qu'aucun coup joué ne peut jamais être annulé.

•

La porte de la bibliothèque est close. Moïra donne de l'épaule une, deux fois, le battant geint mais ne cède pas. Albin attrape son regard et comprend, fait aussitôt demi-tour. Pour sa troisième tentative, la jeune fille prend de l'élan, choisit son point d'impact, s'élance. Le vertige la cueille à mi-course, un jeu dans l'oreille interne, un bref décollement du sol. *On bascule*, a-t-elle le temps de penser bien qu'aucun signe concret ne le laisse percevoir. Le haut de son bras heurte le linteau de bois, forçant le pêne hors de la gâche. Moïra s'effondre sur le sol de la pièce.

Elle voit d'abord le parquet, l'entrelacs fin et maniaque de lames blanches et noires, puis Brona-Deir en contre-plongée, concentrée, yeux mi-clos, étudiant la situation sur le plateau. L'intrusion ne perturbe pas la sœur guerrière, qui continue de retourner calmement les pièces que son coup l'autorise à renverser.

Moïra roule sur elle-même, s'agenouille, saisit son arme, flèche engagée. *Une seule chance.* Brona-

Deir paraît se mouvoir au ralenti. Une pierre sombre révèle son côté clair. Le trait de Moïra part. *Ai-je cligné des yeux ?* Rate une fois encore sa cible. La pièce, jetée par la guerrière, l'a frappée en plein front, la douleur vient avec retard. Moïra encoche un autre trait, sachant qu'il est trop tard. Sous le tranchant de la main de Brona-Deir, le bois de sa flèche se brise avec un bruit sec. Du plat de l'autre, la guerrière l'envoie au tapis.

Brona s'assied sur elle, frappe du poing contre son visage.

« Défends-toi », ordonne-t-elle.

Moïra est abasourdie. Sa bouche a un goût de fer. Brona cogne avec l'autre poing au même endroit. La jeune fille encaisse avec un râle, sans chercher à esquiver.

« Défends-toi !

— Non. »

La violence froide de la guerrière a quelque chose d'insensé. On voit à son œil qu'elle peut basculer à tout instant. Que la passivité de son adversaire la rend folle.

« Pourquoi ? »

Du sang coule du nez de Moïra, de la commissure de ses lèvres. Elle sourit, pourtant, et chuchote, afin de forcer Brona-Deir à se pencher vers elle pour entendre :

« Tu ne peux pas gagner si je refuse de jouer. »

Elle va me tuer, pense-t-elle.

Mais la guerrière se relève soudain, l'abandonne. Elle vient avec retard de prendre conscience de la présence d'Albin.

L'enfant est entré par la porte secrète qu'il a laissée ouverte et se tient là, devant le plateau, fasciné par la combinaison qu'il découvre. Il n'esquisse pas même un geste de défense quand la guerrière se saisit de lui pour l'empêcher d'approcher, lui garrotte le cou, le soulève du sol.

Moïra s'essuie le visage de la paume. Les chocs répétés lui font tourner la tête.

« Suis-nous », intime Brona en passant à côté d'elle. Elle ne lâche pas Albin, qu'elle porte devant en bouclier sans que ça paraisse la gêner dans ses mouvements, comme s'il ne pesait rien.

« Tu n'es pas une adversaire, continue-t-elle, tu n'es même plus un pion sur le plateau. »

Avant d'emboîter le pas à la guerrière, Moïra jette un œil sur le jeu. Les couleurs, réparties à peu près équitablement de part et d'autre, laissent une vaste zone blanche au milieu, uniquement percée d'un point noir.

Le Palais.

Il n'y a plus de terres alentour, plus de faubourgs ni de bois, plus de communs.

Le cœur de l'Empire émerge seul de l'océan d'Abacule.

•

Brona traverse les halls, les couloirs, elle marche comme au-dessus du sol, et Moïra doit trotter pour rester à son niveau. La guerrière ne connaît pas les raccourcis comme elle : elle n'emprunte que les voies principales, suit un schéma appris par cœur sans prêter la moindre attention à son environnement. Moïra devine des silhouettes qui fuient à leur approche, des serviteurs tapis à l'abri, des voyageurs venus pour la fête, des déserteurs.

« Tu peux refuser l'affrontement, ça ne change rien, monologue Brona-Deir. Je n'ai pas besoin de vaincre pour l'emporter. »

Sans cesser de parler, elle pousse du pied une porte double dont Moïra est certaine qu'elle est d'ordinaire verrouillée. L'aile à laquelle elle donne accès contient, dans son souvenir, des ateliers de cartographie et de recherche de l'Œcumaîtrise.

« Dame Moïra de Thecel n'a plus d'impact sur la partie. Tout pouvoir t'a été retiré. L'Empire sur lequel tu régnais n'est qu'une constellation de terres disjointes, inaccessibles. Tes alliés fidèles de l'Œcumaîtrise ont perdu leur pouvoir en même temps que leur expertise. Il n'y a plus, dans l'univers, qu'une seule force active. Le Temple est du côté de la domination physique des arts guerriers, et de la suprématie morale des Puissances. »

Ils traversent une salle immense aux voûtes hautes, percée de baies vitrées. Sur des dizaines de tables de travail inclinées, alignées bout à bout, un plan est en cours de peinture sur un ruban de papier disproportionné. Albin gémit : le bras qui le retient l'étrangle. Moïra presse encore le pas, elle sait qu'elle ne peut tenter le moindre geste sans mettre la vie de l'enfant en danger. Elle espère qu'ils seront bientôt à destination.

Brona-Deir ricane.

« Ils pensaient vraiment y parvenir. Fixer pour

de bon le recto. Le connaître enfin : stable, mesuré, réglé. Tenir Thecel en entier sur une seule carte. Et, pour cela, annihiler le verso. Mille ans de labeur. Des siècles de destruction, d'exploitation des Faces Pâles, de dissimulation de la vérité. Ils étaient parvenus à faire disparaître les traces elles-mêmes, à changer les faits historiques en légendes, les preuves de l'autre monde en monstruosités. Mais grâce à nous, grâce à toi, Moïra, ils ont fini par échouer. »

D'un coup de coude, sans desserrer son étreinte, elle fait jouer une dernière porte : noire et très épaisse, capitonnée au-dedans.

Elle ouvre sur un espace confiné, paraissant étroit parce que absurdement haut, le plafond à telle hauteur que l'obscurité l'occulte. Il fait tiède et moite dans cette sorte de cheminée et une odeur étrange, organique, saisit aussitôt la narine. Les murs arrondis sont recouverts d'étagères, disposées régulièrement les unes au-dessus des autres comme les rayons d'un entrepôt. Des centaines, des milliers de niveaux, accessibles par un maillage de fines échelles d'acier.

Sur chaque planche, séparés les uns des autres par des planchettes de bois, à perte de vue, sont alignés des œufs d'or.

Albin tombe au sol avec un bruit sourd et reste accroupi là, luttant pour reprendre son souffle. Brona s'est saisie de la lampe posée à l'entrée. Elle l'allume puis, la levant haut, rend un instant visibles par transparence les créatures à l'intérieur des coquilles, les pattes, les griffes, les yeux immenses et écarquillés.

« L'Œcumaîtrise était parvenue à reléguer l'espèce en Abacule. Ceux qui existaient dans l'Empire devaient rester ici. En stase, dans le noir. Protégés des risques d'éclosion et des vaines tentatives de destruction. Nous étions à deux doigts de la stabilité. Un monde rationnel, ordonné. Un monde sans dragons. Un monde qui, tôt ou tard, aurait fini par rejeter à son tour les Puissances. »

La guerrière ne cesse de parler, déplaçant la lumière de-ci, de-là, révélant d'autres bêtes dans d'autres œufs, d'autres regards aveugles dans leurs coffres calcaires. Le système de commande de la trappe est verrouillé par six nœuds, épais et poussiéreux. Brona tire une lame de sa ceinture et les tranche sans même les regarder. Puis bascule la poignée.

Moïra ne comprend le geste de Brona qu'une fois celui-ci achevé.

« Mes sœurs gagneront la guerre de l'autre côté du monde. Moi, je me contenterai d'éradiquer celui-ci », conclut Brona-Deir.

Très loin au-dessus de leur tête, la trappe s'ouvre avec un bruit sourd, répercuté jusqu'au bas de la cheminée. Puis l'air et la lumière du dehors pénètrent dans la salle des œufs.

Brona se tourne vers elle, bras écartés, un sourire dément sur le visage. Elle tient toujours le couteau à la main.

« L'Empire est mort ! hurle-t-elle. Que meure à son tour le Palais ! »

Le bruit des coquilles qui se fendent tire Moïra

de sa léthargie. Elle se penche vers Albin, ils n'ont besoin d'échanger qu'un regard. L'instant d'après, elle l'a soulevé du sol et propulsé dans l'atelier, avant de commencer à courir, à courir sans se retourner.

•

Des siècles d'emprisonnement dans un sommeil sans rêves. L'ivresse soudaine de l'éveil. Les dragonnets se jettent les uns contre les autres, se heurtent, fracassent les œufs demeurés intacts. Ils sont affamés et déboussolés, fous de colère. Ils jaillissent comme la foudre, par le haut, s'extirpent pour goûter à l'air libre, à l'air vif, et se bousculent, se cognent, se battent sans y parvenir. D'autres trouvent une issue vers le bas, là où l'humaine gesticule encore, rit puis tombe, hurle enfin, puis ne bouge plus. Les nouveau-nés jaillissent par la porte de l'atelier, ils filent, ils fracassent, il y a tant de choses à voir, ici, à renverser et à détruire. L'un d'eux, déjà plus loin, pousse un grand cri de joie : *Il y en a d'autres, beaucoup d'autres. Il y a à manger !*

Et tandis que la première salve envahit le Palais, traquant toute créature vivante pour la saisir, la griffer, la faire choir et la dévorer, des milliers et des milliers d'œufs continuent d'éclore, et d'autres dragons de se mêler à la curée. Ils traquent et tuent ceux qui fuient, débusquent ceux qui se cachent. Ils envahissent les chambres, les bains, les salons et les cours, les salles d'armes, ils sortent par toutes les ouvertures ; il en vient sans cesse d'autres dont les appétits restent à combler.

•

Plus tard, l'un d'eux pénètre la bibliothèque octogonale. Il bondit d'un rayon à l'autre, fait tomber quelques tomes, attaque de ses griffes le parquet noir et blanc. Il se pose ici, se pose là, puis au beau milieu du plateau de jeu. Sans y accorder la moindre attention, enfin, il en balaie les pièces d'un mouvement d'ailes qui pourrait ressembler, si quelqu'un était là pour assister à cette scène, à un grotesque applaudissement.

○

Avant ce jour, on appelle désordre quelques jouets abandonnés sur le sol d'une chambre d'enfant, une cuisine encombrée de vaisselle après de grands préparatifs, une bousculade dans l'allée d'un marché à l'heure d'affluence. Ces dérangements étaient des parenthèses regrettables dans le cours réglé des événements, des états transitoires que l'on pouvait circonscrire avec quelques efforts et un peu de méthode. C'étaient les manifestations d'une peine minime et quotidienne que l'on vainquait à tout coup.

Après ce jour, le désordre devient la nature même du monde.

○

Moïra se retourne, se casse le cou pour voir : elle a des larmes plein les yeux, elle tremble de tout son corps, et le vent qui la fouette hurle à ses oreilles. Le ciel est couvert, les nuages dessinent des spirales noir et or, des tourbillons de ténèbres gavés de lumière, devant lesquels volent en tous sens les milliers et les milliers de dragons que vomissent encore les tours du Palais. Moïra se cramponne à Mélane, son compagnon blanc, écrasant contre le cou de la bête le corps mince et osseux d'Albin. Derrière elle, le bâtiment qui a toujours été son foyer semble une ruche crevée posée au cœur d'un océan déchaîné.

« Nous ne sommes pas joyeux, articule-t-elle. Nous avons peur. Mais nous sommes en vie. »

Moïra entend encore le bruit d'abord infime, puis de plus en plus fort, des coquilles qui se fendent : un craquement lourd de menace, le bruit creux du début d'un monde. Elle sait avoir couru à travers l'atelier, trébuché, s'être débattue quand les premiers nouveau-nés ont jailli, l'ont frôlée, se sont pris dans ses cheveux. Elle se revoit en train de s'abriter comme elle le pouvait, tassée, tapie sous la grande carte. Elle appelle Mélane de toutes ses forces, murmure aussi bien qu'elle le peut dans la cacophonie des cris, tente de tenir au loin la nuée ivre.

L'impossible s'est produit : Albin, jusque-là atone, s'est extirpé de ses bras, il a repoussé le rideau de vélin et a fait signe de le suivre. L'enfant se tenait droit, se déplaçait posément au milieu du chaos, bras écartés, yeux révulsés. Les dragons l'évitaient d'instinct, mais replongeaient sur Moïra dès qu'elle s'éloignait de lui de quelques pouces, dès qu'elle cessait sa litanie.

« Qui es-tu ? »

Et la Puissance qu'Albin avait su faire descendre sans prière ni feu a répondu :

« Qui crois-tu que je puisse être ? Je suis la Foi qui permet de vivre et de penser malgré la peur. »

Ensuite, la baie vitrée a explosé et Mélane a glissé jusqu'à leurs pieds. Moïra et Albin ont grimpé sur son dos malgré ses cabrements, ses coups d'aile et de griffes pour écarter les importuns. Et maintenant, le Palais s'éloigne, il disparaît dans l'obscurité qui croît derrière eux.

Les premiers éclairs tombent. Les nuages se révulsent. La pluie du premier soir se déverse dans l'océan. Elle les crible, les glace, les trempe.

« Nous sommes en vie », dit Albin à son tour.

Il a la voix aiguë et le pouls rapide, la respiration essoufflée d'un petit enfant.

Moïra le serre un peu, encore, sans véritable raison.

○

Les nouveaux dragons furent responsables de dégâts considérables, irréversibles.

Lors du dernier basculement de la dernière partie, nombre d'entre eux passèrent de l'autre côté, et se dispersèrent avec la même hâte hargneuse, le même désir fou de conquête et de domination. Ils firent régner, sur les miettes mélangées de Thecel et d'Abacule, la même terreur sur tous les clans humains en recomposition. Les clivages se multiplièrent entre des groupes de plus en plus réduits. Certains suivaient d'anciennes lignes de pouvoir : Faces Pâles contre Visages Sombres, adeptes des Puissances contre serviteurs de l'Œcumaîtrise, manœuvres contre paysans. La plupart, cependant, inventaient de nouvelles alliances autour de questions territoriales, d'accès aux ressources, de compétences. Le seul point de concorde était la lutte contre les dragons, qui attaquaient sans distinction, en meutes de plus en plus réduites à mesure que chaque individu prenait de la force et pouvait tenir tête seul à un groupe armé.

Albin, Moïra et Mélane allaient d'île en île, comme jadis les Décompteurs d'Abacule, prenant la mesure partout des changements qui continuaient de se produire. Même depuis les airs, ils n'étaient pas à l'abri des attaques des reptiles, mais ils avaient fini par trouver un équilibre, tous les trois. Mélane calmait les bêtes de ses cris, Moïra murmurait de passer au large et, si cela ne suffisait pas, Albin incarnait une Puissance qui finissait de les écarter. Le Face Pâle était bien plus à l'aise que son amie dans ce rôle, et paraissait avoir moins de difficulté à choisir et orienter ses pouvoirs.

« Tu es devenue très habile au murmure, lui dit-il un jour. C'est un art qui t'était destiné. Tu es trop obéissante pour bien contrôler une Puissance en toi. »

Dans un archipel plus dense, ils retrouvèrent les Luaine, qui survivaient en continuant de chanter. Leurs évocations des temps d'avant déchiraient le cœur des auditeurs, et cette nostalgie leur était devenue vitale, maintenant que le monde où ils avaient grandi n'était plus accessible que par le souvenir. Les trois femmes ignoraient ce qu'était devenu Dagan de Danac, qui avait disparu par une nuit sans lune tandis qu'une armée de gredins prétendait l'enrôler de force.

Les trois sœurs avaient assisté de leurs yeux à la chute de Mav d'Orab, précipitée au bas d'une machine de guerre par une Puissance que chacun identifiait à sa guise : Justice, Colère ou même la secrète, la vicieuse Vengeance. Elles avaient composé une complainte sur la bataille de Thecel, qui connaissait un grand succès, que l'on s'enseignait, se répétait de groupe en groupe.

○

« Et mon frère ? demande Moïra.

— Personne ne sait, répond la cadette.

— Tout ce que nous connaissions a disparu, continue la benjamine. Les pays, les choses, les gens…

— Est-ce qu'il a pu mourir aux côtés de Mav d'Orab ?

— C'est possible, dit l'aînée, mais je ne le pense pas. »

Et comme la jeune fille continue de la fixer, elle précise :

« Ça ne ferait pas une très bonne histoire, pas vrai ? »

○

Aslander et Donnel ne se sont pas quittés. Ils se sont sauvé la vie l'un l'autre, louvoyant entre les factions paniquées, fuyant le champ de bataille soudain ravagé par un fléau incompréhensible. Les dragons ont mis un point d'arrêt aux affrontements, sans pour autant souder les belligérants. La panique l'a emporté, la débandade aveugle, entraînant son lot de catastrophes. Les amants ont marché côte à côte, ils ont couru et rampé, ils ont veillé des nuits entières dans des caches de fortune.

C'est Kai la cartographe qui retrouve leur trace. Elle monte le vert vénérable, qu'elle a nommé Hild, en duo avec le Face Pâle à cheveux longs ; comment celui-ci accepte d'être appelé dans l'intimité, ni Moïra ni Albin ne parviennent à le savoir. Ils ont tous deux la nuque et une partie du front couvertes de signes de voyage, symboles minuscules portés à même la peau après des traversées répétées. Ils parlent d'une pierre bloquée dans son mouvement de bascule, faisant office de portail, et du vertige grisant, renouvelé à l'identique, chaque fois qu'on le franchit.

« Ton frère et son mari vivent dans les caves d'un bourg abandonné, au fond d'un val lointain. Ils se cachent de tous et auraient disparu sans laisser de traces s'ils ne se déplaçaient toujours à deux, incapables de s'éloigner l'un de l'autre. »

Kai n'a pas menti. Amorçant la descente vers la berge caillouteuse de la rivière, Moïra sent sa gorge se nouer. L'endroit est encaissé et sombre, planté de conifères serrés qui ne laissent filtrer presque aucune lumière. Une poignée de maisons, non loin de l'eau, semblent tout à fait effondrées. Il faut prendre le temps d'inspecter les lieux pour découvrir le fumoir, caché sous des brassées de fougères sèches, et l'entrée du souterrain barré par des planches couvertes de branchages. Moïra appelle plusieurs fois sans obtenir de réponse, finit par s'engager dans l'escalier qui descend dans l'obscurité.

Elle reconnaît cette angoisse qui la saisit, ce pressentiment, et est heureuse de ne plus porter d'arme. Moïra n'a plus envie de se fier à ses instincts guerriers. Elle laisse le premier coup l'atteindre à l'épaule, cogne contre le mur, glisse au sol où elle se recroqueville et appelle encore :

« Aslander, c'est moi. C'est Moïra. »

Elle entend le gourdin heurter le sol. Puis une lumière révèle le visage de Donnel, celui de son frère tout à côté. Leurs visages sont des masques de terreur et de confusion.

Il se passe un long moment avant que le grand frère n'articule d'une voix cassée :

« Tu es toujours en vie. »

○

Plusieurs jours s'écoulent encore avant qu'ils n'acceptent de sortir, de rencontrer Albin. Il leur faut plus de temps encore pour s'habituer à la présence de Mélane, qui les rejoint parfois, posé à distance prudente. Donnel et Aslander ont des difficultés à s'exprimer, ils peinent à dire ce qui leur est arrivé, ce qu'ils ont vécu.

Moïra ne les force pas. Elle a le temps.

Plusieurs fois, elle raconte leurs histoires à eux trois, en entier, comme si c'étaient des contes.

Elle leur dit ce qui est arrivé au premier dragon à avoir éclos en Thecel depuis des siècles et comment, libéré, il a transformé sans le vouloir la totalité de l'univers. Elle leur dit la geste du Face Pâle sans parent ni destin qui, se choisissant des amis et des engagements, articule sa liberté autour de contraintes choisies. Elle leur dit l'histoire de la princesse partie en quête d'un souvenir de son frère et qui, passant d'un monde à l'autre, se dépouille de ce qu'elle n'est pas pour finir par se connaître.

Et quand les deux reclus préfèrent demeurer dans l'ombre de leur abri souterrain, elle abandonne Albin et le dragon et part pour de grandes promenades dans les bois à l'aplomb du village. Elle regarde l'automne avancer, jour après jour, la couleur de la rivière changer. Elle mûrit sa décision.

Aux premières gelées, autour du feu de camp, elle réunit ce qui lui tient lieu de famille et annonce :

« Le monde est entièrement renouvelé. Il n'y a plus de noir ni de blanc, mais les deux couleurs irrémédiablement mêlées. Ce n'est pas joyeux, c'est terrifiant. Et à cause de cette peur, nous devons nous entraider. Il faut que les Faces Pâles enseignent à tous le murmure. Il faut qu'à notre tour nous leur confiions le soin des Puissances. Enfin, il faut que tous ensemble nous écoutions ce que les dragons ont à nous dire. Ils sont innombrables. Ils font partie de ce monde. Nous devons apprendre à vivre avec eux. »

Moïra trace machinalement d'un bout de bâton des signes dans le sable de la berge, qu'elle efface ensuite du bout de son pied.

« Si vous êtes d'accord, j'aimerais que vous restiez tous les quatre ensemble : Albin, Mélane, Donnel et Aslander. Le temps de vous connaître, d'échanger, de vous transformer et de grandir. Ensuite, vous pourrez aller ici et là, donner à voir qui vous êtes. Montrer que la vie ne s'est pas arrêtée, que tout continue toujours, et que ce que nous appelons catastrophe n'est que le bruit de notre peur de ce qui se transforme. »

Quel âge a-t-elle ? se demande Aslander. *Quinze ans ?* Toute petite, déjà, les yeux de Moïra avaient cette couleur étrange.

« Et toi ? Que vas-tu faire ?

— J'aimerais voir le monde et l'arpenter de mes seules jambes. En sentir la forme, les odeurs, et découvrir quelques-uns de ces endroits où il s'arrête, puis recommence. »

o

Moïra se met en route le lendemain, peu avant le lever du soleil. Tout dort alentour. Elle ne prend pas la peine de dire adieu, ne s'efforce pas de retenir de ces corps une dernière image. Le ruisseau bruisse dans l'obscurité. La jeune fille avance à tâtons dans la pente. Elle sent sa respiration, son pouls qui accélèrent et la terre souple sous ses pieds.

L'air est vif. La nostalgie lui noue le ventre, comme la joie brutale qu'elle est en réalité.

Moïra sent ces gens qu'elle quitte se prolonger en elle, tout comme ses amis dispersés, tout comme ses morts et ses absents.

Elle monte la pente.

Le soleil se lève.

•

On dit qu'ensuite Moïra s'est faite arpenteuse, navigatrice et dresseuse de dragons. On dit qu'elle a repris son arc pour se faire chasseresse et justicière. Ou bien encore, qu'elle a trouvé une retraite dans des steppes lointaines et qu'elle y a passé de longues années à établir une carte des étoiles, avant de se rendre sur le verso pour recommencer son travail.

Moïra a fondé un foyer avec un Face Pâle et donné naissance à une lignée d'enfants, de petits-enfants et d'arrière-petits-enfants. Elle a tant voyagé des deux côtés du monde que sa peau a bleui sous les signes, comme une page mille fois réécrite. Elle a rejoint un hameau ou un village, une ville où elle a fait souche et s'est enracinée : elle y est comme un carrefour, une façade, un arbre toujours présent. Elle s'est fondue dans un groupe humain, a délaissé son héritage, abandonné son histoire et changé de nom : quand elle se souvient de sa jeunesse, c'est avec l'impression que ces aventures ont été vécues par quelqu'un d'autre qu'elle-même. Elle est devenue guide. Elle est devenue cheffe. Elle est devenue reine.

On dit parfois que Moïra n'a jamais cessé de marcher et que la mort, qui finit par se saisir de tout ce qui existe, continue de la poursuivre aujourd'hui encore, pliée sur ses traces, avec un jour ou une nuit de retard, et que tant qu'elle restera en mouvement, elle continuera d'arpenter le monde du dessus et le monde du dessous. On dit que Moïra s'est changée en rivière. Qu'elle s'est changée en vent. On dit de Moïra qu'elle marche dans le ciel.

On dit de Moïra, plus souvent qu'à son tour, qu'elle n'a jamais existé. Qu'elle est le nom d'un désir autour duquel on a écrit une légende, l'héroïne d'un passé fantasmé, le nom d'une geste ancienne, métaphorique, qui tenait lieu de science historique à nos ancêtres. On dit de Moïra qu'elle n'est qu'un masque, derrière lequel se dissimulent plusieurs figures réelles ; on dit d'elle qu'elle n'est qu'un nom.

•

De loin, on dirait un arbre gigantesque au feuillage versicolore, du gris acier au jaune vif en passant par toutes les teintes du vert. La structure est visible à plusieurs journées de route, et à mesure qu'on s'en approche, on comprend qu'aucun végétal ne peut jamais avoir atteint cette taille. On distingue les branches et les troncs, les racines, les différentes essences entremêlées et, ici ou là, les grandes plaques de mousses et de lichens qui recouvrent les quelques pierres encore visibles. De nombreux animaux vivent dans les ramées les plus basses. Au-dessus vivent les nichées bruyantes d'oiseaux de toutes espèces.

Autour des faîtes les plus hauts, d'autres bêtes volantes cerclent encore, dont les aires sont abritées à l'intérieur des beffrois, des clochers recouverts par la flore. Les dragons adultes ont engendré des lignées nouvelles, qui se sont dispersées à travers le monde. Certains, pourtant, sont revenus. Ils s'épanouissent dans les hauteurs, comme ils le font ailleurs dans les chaînes de montagnes. Ils sont peu dérangés par les humains.

Le Palais a poussé.

Moïra met une journée entière à se frayer un chemin jusqu'à l'intérieur. Le terrain a changé autour du bâtiment, remodelé par les racines. On ne distingue plus les entrées des souterrains dont le souvenir a lui aussi pâli. Les herbes hautes, les buissons et les fourrés rendent l'abord des murailles difficile. Mais Moïra n'est pas pressée, elle avance avec régularité, en prenant ses points de repère, s'arrête pour regarder un moineau fouiller la terre en quête d'une larve de hanneton.

Elle a perdu en vivacité, avec l'âge, mais gagné en endurance : son énergie s'est concentrée, sa sève s'est ralentie. Elle ne tremble plus, ni ne sursaute. Elle connaît ses limites et ses forces. Le temps qui passe l'a rendue plus patiente. Moïra finit par trouver une ouverture, jusqu'à laquelle elle grimpe en escaladant de gros troncs de lierre.

Des bouquets de fleurs sauvages, enracinées à même la pierre, font un cadre blanc et rose. Au-dedans l'air est frais et sombre. Moïra s'accroupit et attend que ses yeux s'habituent pour reprendre sa marche. Il lui faut encore un jour de plus pour atteindre les sommets du Palais.

Dans les bas étages, l'absence de lumière complique la progression, comme les éboulis et les nœuds des racines, les tanières des bêtes sauvages que les odeurs humaines rendent agressives. Plus haut, Moïra se laisse distraire par le spectacle des corridors repeints de moisissures, de plafonds crevés desquels tombent des lianes, des coupoles d'où pleuvent des pollens, et par la rencontre avec un cerf juvénile, en plein milieu d'une salle de bal, sa fuite reflétée à l'infini par le jeu de miroirs face à face au tain piqué d'oxydations. Le dedans et le dehors se confondent, là où les murs ont fini par s'effondrer sous la pression des plantes et des intempéries. Les verrières ont éclaté, les ateliers vomi leurs équipements dans les cours en contrebas. De hauts buissons aux fleurs mauves poussent, enracinés dans un terreau de documents d'archives, d'outils de mesure et de meubles moisis. Moïra contemple longuement, à travers trois épaisseurs de sols perforés, l'entrelacs de ronciers qui ont envahi les cuisines en contrebas, tenant prisonniers ustensiles, foyers, marmites et bocaux.

À mesure qu'elle monte, faisant usage ici et là de ses cordes et de pitons pour franchir une béance, s'assurer sur une corniche friable, ses points de repère s'affermissent. Elle reconnaît d'anciens itinéraires, des chemins parcourus pour la dernière fois trente ans auparavant. Le dernier escalier est dangereusement glissant, recouvert d'un glaçage de serpentins blanchâtre, trace toujours humide des écoulements pluviaux. On n'est plus si loin des flèches, l'odeur des dragons est puissante.

Au bout du couloir, la porte dégondée pend, ouverte à demi. Moïra se glisse entre le battant et le chambranle pour pénétrer dans la pièce étroite. Les bibliothèques sont fleuries d'orchidées sombres qui poussent sur les tablettes dans le compost des livres, leurs pétales sont épais et baroques, d'une beauté repoussante. La table de jeu au milieu est vide, à peine recouverte d'un voile de poussière, étrangement préservée au cœur de cette jungle qu'est devenu le Palais. Le pied de Moïra se pose sur quelque chose de dur. Elle s'arrête, se penche pour ramasser la pièce bicolore. La pierre est beaucoup plus petite que dans son souvenir, plus légère aussi.

Un monde neuf s'organise au-dehors, avec son ordre propre. Ce qui constituait Thecel et Abacule finit de disparaître à mesure que grandissent les générations nouvelles. S'il n'y a plus ni Temple, ni Œcumaîtrise, ni Empire, d'autres groupes se forment, d'autres chefs s'imposent, d'autres rapports de forces se dessinent. Les règles changent et le jeu n'est plus le même.

Il se poursuit pourtant.

Moïra tend le bras. Elle est venue de loin, pour ce dernier voyage. Elle voulait voir, elle voulait agir. Participer à son tour. Savoir qu'elle aussi aura posé sa pierre. Le plateau est vide : elle peut jouer n'importe où. Moïra tourne, retourne la pièce entre ses doigts.

La nuit vient peu à peu et, avec elle, le froid remonte des profondeurs du Palais.

•

En chemin, Moïra s'est arrêtée à Bourg d'Argent. Albin y tient une auberge avec sa famille, dans laquelle Aslander et Donnel viennent habiter l'hiver durant, quand les routes d'altitude deviennent impraticables. Elle a passé deux jours en leur compagnie, à les aider dans les lourdes tâches de la saison, à discuter à bâtons rompus, à veiller ensuite pour continuer à leur parler.

À un moment de la nuit, Albin a dit :

« Quand je raconte à mes enfants Thecel et Abacule, ils hochent la tête et me sourient, incrédules. Ils savent que c'est important pour moi, mais sont incapables de croire que ces choses que j'ai vécues ont réellement existé.

— Bien sûr, a répondu Moïra. Nous n'étions pas différents à leur âge. Que cela se soit passé il y a trente ans ou mille n'a aucune importance. Ce qui s'est produit avant notre naissance appartient de toutes les façons au monde des légendes.

— J'ai peur quand je vois ce que font les plus jeunes, a renchéri Aslander. J'ai peur qu'ils ne reproduisent nos erreurs.

— Ils le feront sans doute, l'a interrompu Donnel. Ça ne sert à rien d'avoir peur. »

Ils avaient fini posément leur dernier godet. Il faisait bon autour de la table.

Moïra a dit, d'une voix déjà ensommeillée :

« J'aimerais écrire quelque chose. Faire un texte qui puisse peut-être survivre à l'extinction de ma voix. Ce que nous avons fait en ce monde, ce que ce monde était avant. »

Aslander s'est levé.

« C'est une bonne idée, petite sœur. Fais ça.

— J'ai essayé plusieurs fois, mais je n'y arrive pas. Je ne sais pas par où commencer. »

Et c'est Albin, bien sûr, qui a eu le dernier mot :

« Tu n'as qu'à commencer par le début. C'est quoi la première chose dont tu te souviennes ? »

Le monde de Thecel est né de la rencontre du bot Twitter @unchartedatlas avec des souvenirs de lectures, enfant, du magazine Jeux & Stratégie. *Je ne l'aurais jamais visité sans la confiance réitérée de Pascal Godbillon, le compagnonnage studieux de Laurent Kloetzer et l'exubérance archipélagique du collectif Zanzibar. Celles et ceux avec qui je vis – celles et ceux qui vivent en moi – m'ont tenu compagnie le long de ce chemin. Merci, merci !*

DU MÊME AUTEUR

Aux Éditions Gallimard

LE CASSE DU CONTINUUM (Folio Science-Fiction n° 479)

LA PANSE (Folio Science-Fiction n° 569)

THECEL (Folio Science-Fiction n° 655)

Aux Éditions ActuSF

PHILIP K. DICK GOES TO HOLLYWOOD

Aux Éditions La Volte

LE DIABLE EST AU PIANO

ROUGE GUEULE DE BOIS

HILDEGARDE

Aux Éditions Rivages

L'AUTRE CÔTÉ

Aux Éditions Dis Voir

TRESSES. SOUVENIRS DU NARRATOCÈNE (en collaboration avec Denis Vierge et Hervé Le Guyader)

BRAIDS. MEMORIES OF THE NARRATOCENE (en collaboration avec Denis Vierge et Hervé Le Guyader)

Aux Éditions Dystopia

SUR LE FLEUVE (en collaboration avec Jacques Mucchielli)

YIRMINADINGRAD

YAMA LOKA TERMINUS (en collaboration avec Jacques Mucchielli)

BARA YOGOÏ (en collaboration avec Jacques Mucchielli et Stéphane Perger)

TADJÉLÉ (en collaboration avec Jacques Mucchielli, Laurent Kloetzer et Stéphane Perger)

LES CAHIERS DU LABYRINTHE – REDUX

LA BALLADE DE GIN & BOBI et autres récits de Points du jour (en collaboration avec Stéphane Perger)

Aux Éditions Les Règles de la nuit

TWIN PEAKS, 90210

Dans la même collection

420.	Nick DiChario	*La vie secrète et remarquable de Tink Puddah*
421.	Thomas Day	*Du sel sous les paupières* (INÉDIT)
422.	Pierre Pelot	*La guerre olympique*
423.	Jeanne-A Debats	*La vieille Anglaise et le continent*
424.	Karl Edward Wagner	*Kane* (L'intégrale, I)
425.	Karl Edward Wagner	*Kane* (L'intégrale, II)
426.	Karl Edward Wagner	*Kane* (L'intégrale, III)
427.	Jean-Claude Dunyach	*Le jeu des sabliers*
428.	Jean-Michel Truong	*Le Successeur de pierre*
429.	Ray Bradbury	*Un remède à la mélancolie*
430.	Roger Zelazny	*Seigneur de Lumière*
431.	Clifford D. Simak	*Voisins d'ailleurs*
432.	Ian McDonald	*Roi du Matin, Reine du Jour*
433.	Thomas Day	*Sympathies for the devil*
434.	Hal Duncan	*Velum* (Le Livre de Toutes les Heures, I)
435.	Hal Duncan	*Encre* (Le Livre de Toutes les Heures, II)
436.	Steven Amsterdam	*Ces choses que nous n'avons pas vues venir*
437.	Serge Lehman présente	*Retour sur l'horizon*
438.	Carol Berg	*L'insoumis* (Les livres des rai-kirah, II)
439.	Henri Courtade	*Loup, y es-tu ?*
440.	Lord Dunsany	*La fille du roi des Elfes*
441.	Maurice Leblanc	*Le formidable événement*
442.	John Varley	*Le système Valentine*
443.	Philip K. Dick	*Le dernier des maîtres*
444.	Pierre Pevel	*Les Lames du Cardinal* (Les Lames du Cardinal, I)

445. George R. R. Martin, Gardner Dozois & Daniel Abraham	*Le chasseur et son ombre*
446. Loïc Henry	*Loar*
447. Ray Bradbury	*Léviathan 99*
448. Clive Barker	*Hellraiser*
449. Robert Charles Wilson	*À travers temps*
450. Serge Brussolo	*Frontière barbare* (INÉDIT)
451. L. L. Kloetzer	*CLEER*
452. Cédric Ferrand	*Wastburg*
453. Jean-Claude Marguerite	*Le Vaisseau ardent*
454. Jean-Philippe Depotte	*Les jours étranges de Nostradamus*
455. Walter M. Miller Jr.	*L'héritage de saint Leibowitz*
456. Carol Berg	*Le vengeur* (Les livres des rai-kirah, III)
457. Philip K. Dick	*Question de méthode*
458. Leandro Ávalos Blacha	*Berazachussetts*
459. Alden Bell	*Les faucheurs sont les anges*
460. Pierre Pevel	*L'Alchimiste des Ombres* (Les Lames du Cardinal, II)
461. Xavier Mauméjean	*Rosée de feu*
462. Arkadi et Boris Strougatski	*Stalker*
463. Ian McDonald	*Le fleuve des dieux*
464. Barry Hughart	*La magnificence des oiseaux* (Une aventure de Maître Li et Bœuf Numéro Dix)
465. Serge Brussolo	*Trajets et itinéraires de la mémoire*

466.	Barry Hughart	*La légende de la Pierre* (Une aventure de Maître Li et Bœuf Numéro Dix)
467.	Jack McDevitt	*Seeker*
468.	Glen Duncan	*Moi, Lucifer*
469.	Barry Hughart	*Huit honorables magiciens* (Une aventure de Maître Li et Bœuf Numéro Dix)
470.	Daniel Polansky	*Le baiser du rasoir*
471.	Thomas Geha	*Le sabre de sang*, 1
472.	Thomas Geha	*Le sabre de sang*, 2
473.	Pierre Pevel	*Le dragon des Arcanes* (Les Lames du Cardinal, III)
474.	Alain Damasio	*Aucun souvenir assez solide*
475.	Laurent Genefort	*Les opéras de l'espace*
476.	Roger Zelazny	*Dilvish le Damné*
477.	Thomas Day	*Dæmone*
478.	Philip K. Dick	*Ne pas se fier à la couverture*
479.	Léo Henry	*Le casse du continuum* (INÉDIT)
480.	Frank M. Robinson	*Destination ténèbres*
481.	Joël Houssin	*Le Temps du Twist*
482.	Jean-Marc Ligny	*La mort peut danser*
483.	George R. R. Martin	*Armageddon Rag*
484.	Lewis Shiner	*Fugues*
485.	Collectif	*Alternative Rock*
486.	Arnaud Duval	*Les Pousse-pierres*
487.	Christian Léourier	*Le cycle de Lanmeur*, I
488.	Lisa Tuttle	*Ainsi naissent les fantômes*
489.	Pablo de Santis	*La soif primordiale*
490.	Norbert Merjagnan	*Treis, altitude zéro*
491.	Robert Charles Wilson	*Julian*
492.	Patrick Ness	*La voix du Couteau* (Le Chaos en marche, I)

493. Patrick Ness	*Le Cercle et la Flèche* (Le Chaos en marche, II)
494. Patrick Ness	*La guerre du Bruit* (Le Chaos en marche, III)
495. S.G. Browne	*Comment j'ai cuisiné mon père, ma mère… et retrouvé l'amour*
496. Glen Duncan	*Le dernier loup-garou*
497. Christian Léourier	*Le cycle de Lanmeur*, II
498. Mira Grant	*Feed* (Feed, I)
499. Richard Matheson	*Par-delà la légende*
500. Dan Simmons	*L'échiquier du mal*
501. Mira Grant	*Deadline* (Feed, II)
502. Robert Holdstock	*Avilion*
503. Graham Joyce	*Lignes de vie*
504. Mira Grant	*Red Flag* (Feed, III)
505. Jean-Philippe Jaworski	*Même pas mort* (Rois du monde, I)
506. Arkadi et Boris Strougatski	*Il est difficile d'être un dieu*
507. Laurent Genefort	*Omale*, 1
508. Laurent Genefort	*Omale*, 2
509. Laurent Whale	*Les étoiles s'en balancent*
510. Robert Charles Wilson	*Vortex*
511. Anna Starobinets	*Je suis la reine*
512. Roland C. Wagner	*Rêves de Gloire*
513. Roland C. Wagner	*Le train de la réalité*
514. Jean-Philippe Depotte	*Le chemin des dieux*
515. Ian McDonald	*La maison des derviches*
516. Jean-Michel Truong	*Reproduction interdite*
517. Serge Brussolo	*Anges de fer, paradis d'acier* (INÉDIT)
518. Christian Léourier	*Le Cycle de Lanmeur*, III
519. Bernard Simonay	*Le secret interdit*

520. Jean-Philippe Jaworski *Récits du Vieux Royaume*
521. Roger Zelazny *Les princes d'Ambre* (Cycle 1)
522. Christopher Priest *Les insulaires*
523. Jane Rogers *Le testament de Jessie Lamb*
524. Jack Womack *Journal de nuit*
525. Ray Bradbury *L'Arbre d'Halloween*
526. Jean-Marc Ligny *Aqua™*
527. Bernard Simonay *Le prince déchu* (Les enfants de l'Atlantide, I)
528. Isaac Asimov *Fondation 1*
529. Isaac Asimov *Fondation 2*
530. J. G. Ballard *La forêt de cristal*
531. Glen Duncan *Talulla*
532. Graham Joyce *Les limites de l'enchantement*
533. Mary Shelley *Frankenstein*
534. Isaac Asimov *Les vents du changement*
535. Joël Houssin *Argentine*
536. Martin Millar *Les petites fées de New York*
537. Mélanie Fazi *Le jardin des silences*
538. Graham Joyce *Au cœur du silence*
539. Bernard Simonay *L'Archipel du Soleil* (Les enfants de l'Atlantide, II)
540. Christopher Priest *Notre île sombre*
541. Bernard Simonay *Le crépuscule des Géants* (Les enfants de l'Atlantide, III)
542. Jack Vance *Le dernier château*
543. Hervé Jubert *Magies secrètes* (Une enquête de Georges Hercule Bélisaire Beauregard)
544. Hervé Jubert *Le tournoi des ombres* (Une enquête de Georges Hercule Bélisaire Beauregard)

545. Hervé Jubert — *La nuit des égrégores* (Une enquête de Georges Hercule Bélisaire Beauregard, INÉDIT)
546. L. L. Kloetzer — *Anamnèse de Lady Star*
547. Paul Carta — *La quête du prince boiteux* (Chroniques d'au-delà du Seuil, I)
548. Bernard Simonay — *La Terre des Morts* (Les enfants de l'Atlantide, IV)
549. Jo Walton — *Morwenna*
550. Paul Carta — *Le Siège des dieux* (Chroniques d'au-delà du Seuil, II)
551. Arnaud Duval — *Les ombres de Torino*
552. Robert Charles Wilson — *La trilogie Spin*
553. Isaac Asimov — *Période d'essai*
554. Thomas Day — *Sept secondes pour devenir un aigle*
555. Glen Duncan — *Rites de sang*
556. Robert Charles Wilson — *Les derniers jours du paradis*
557. Laurent Genefort — *Les vaisseaux d'Omale*
558. Jean-Marc Ligny — *Exodes*
559. Ian McDonald — *La petite déesse*
560. Roger Zelazny — *Les princes d'Ambre* (Cycle 2)
561. Jean-Luc Bizien — *Vent rouge* (Katana, I)
562. Jean-Luc Bizien — *Dragon noir* (Katana, II)
563. Isaac Asimov — *Cher Jupiter*
564. Estelle Faye — *Thya* (La voie des Oracles, I)
565. Laurent Whale — *Les damnés de l'asphalte*

566. Serge Brussolo	*Les Geôliers* (INÉDIT)
567. Estelle Faye	*Enoch* (La voie des Oracles, II)
568. Marie Pavlenko	*La Fille-Sortilège*
569. Léo Henry	*La Panse* (INÉDIT)
570. Graham Joyce	*Comme un conte*
571. Pierre Pevel	*Les enchantements d'Ambremer* (Le Paris des Merveilles, I)
572. Jo Walton	*Le cercle de Farthing*
573. Isaac Asimov	*Quand les ténèbres viendront*
574. Grégoire Courtois	*Suréquipée*
575. Pierre Pevel	*L'Élixir d'oubli* (Le Paris des Merveilles, II)
576. Fabien Cerutti	*L'ombre du pouvoir* (Le Bâtard de Kosigan, I)
577. Lionel Davoust	*Port d'âmes*
578. Pierre Pevel	*Le Royaume Immobile* (Le Paris des Merveilles, III)
579. Jean-Pierre Boudine	*Le paradoxe de Fermi*
580. Fabrice Colin	*Big Fan*
581. Fabien Cerutti	*Le fou prend le roi* (Le Bâtard de Kosigan, II)
582. Jo Walton	*Hamlet au paradis*
583. Robert Charles Wilson	*Les Perséides*
584. Charles Yu	*Guide de survie pour le voyageur du temps amateur*
585. Estelle Faye	*Un éclat de givre*
586. Ken Liu	*La ménagerie de papier*
587. Chuck Palahniuk et Cameron Stewart	*Fight Club 2*
588. Laurence Suhner	*Vestiges* (QuanTika, I)

589. Jack Finney — *Le voyage de Simon Morley*
590. Christopher Priest — *L'adjacent*
591. Franck Ferric — *Trois oboles pour Charon*
592. Jean-Philippe Jaworski — *Chasse royale – De meute à mort* (Rois du monde, II-1)
593. Romain Delplancq — *L'appel des illustres* (Le sang des princes, I)
594. Laurence Suhner — *L'ouvreur des chemins* (QuanTika, II)
595. Estelle Faye — *Aylus* (La voie des Oracles, III)
596. Jo Walton — *Une demi-couronne*
597. Robert Charles Wilson — *Les affinités*
598. Laurent Kloetzer — *Vostok*
599. Erik L'Homme — *Phaenomen*
600. Laurence Suhner — *Origines* (QuanTika, III)
601. Len Deighton — *SS-GB*
602. Karoline Georges — *Sous-béton*
603. Martin Millar — *La déesse des marguerites et des boutons d'or*
604. Marta Randall — *L'épée de l'hiver*
605. Jacques Abeille — *Les jardins statuaires*
606. Jacques Abeille — *Le veilleur du jour*
607. Philip K. Dick — *SIVA*
608. Jacques Barbéri — *Mondocane*
609. Romain d'Huissier — *Les Quatre-vingt-un Frères* (Chroniques de l'Étrange, I)
610. David Walton — *Superposition*
611. Christopher Priest — *L'inclinaison*
612. Jacques Abeille — *Un homme plein de misère*
613. Romain Lucazeau — *Latium I*
614. Romain Lucazeau — *Latium II*
615. Laurent Genefort — *Étoiles sans issue*
616. Laurent Genefort — *Les peaux-épaisses*

617. Loïc Henry	*Les océans stellaires*
618. Romain d'Huissier	*La résurrection du dragon* (Chroniques de l'Étrange, II)
619. Romain Delplancq	*L'Éveil des Réprouvés* (Le sang des princes, II)
620. Jean-Philippe Jaworski	*Chasse Royale – Les grands arrières* (Rois du monde, II-2)
621. Robert Charles Wilson	*La cité du futur*
622. Jacques Abeille	*Les voyages du fils*
623. Iain M. Banks	*Effroyabl Angel*
624. Louisa Hall	*Rêves de Machines*
625. Jean-Pierre Ohl	*Redrum*
626. Fabien Cerutti	*Le Marteau des Sorcières* (Le Bâtard de Kosigan, III)
627. Elan Mastai	*Tous nos contretemps*
628. Michael Roch	*Moi, Peter Pan*
629. Laurent Genefort	*Ce qui relie* (Spire, I)
630. Rafael Pinedo	*Plop*
631. Jo Walton	*Mes vrais enfants*
632. Raphaël Eymery	*Pornarina*
633. Scott Hawkins	*La Bibliothèque de Mount Char*
634. Grégory Da Rosa	*Sénéchal*
635. Jonathan Carroll	*Os de Lune*
636. Laurent Genefort	*Le sang des immortels*
637. Estelle Faye	*Les Seigneurs de Bohen*
638. Laurent Genefort	*Ce qui divise* (Spire, II)
639. Ian McDonald	*Luna – Nouvelle Lune* (Luna, I)
640. Lucie Pierrat-Pajot	*Les Mystères de Larispem, I* (Le sang jamais n'oublie)
641. Adrian Tchaikovsky	*Dans la toile du temps*
642. Karin Tidbek	*Amatka*
643. Jo Walton	*Les griffes et les crocs*

Composition : IGS-CP à L'Isle-d'Espagnac (16)
Achevé d'imprimer par Novoprint
à Barcelone, le 11 février 2020
Dépôt légal : février 2020

ISBN 978-2-07-284963-3./Imprimé en Espagne.

352890